双子を秘密で出産したら、エリート海上自衛官に溺愛のかぎりを尽くされています

m a r m a l a d e b u n k o

木登

JN053887

marmalade bunko
マーマレード文庫

目次

双子を秘密で出産したら、エリート海上自衛官に溺愛のかぎりを尽くされています

双子を秘密で出産したら、エリート海上自衛官に溺愛のかぎりを尽くされています

一章

子供の頃から仲の良い友達を、幼なじみと呼ぶという。

潮の香りがして、カモメの鳴き声がする港町。

幼い私は、脚本の執筆や翻訳を生業《なりわい》とする父とふたり、海のあるこの街に引っ越してきた。

私が赤ちゃんの頃に父と離婚したという母の顔や声は、なにも覚えていない。物心ついた時から、物静かな父とふたり暮らしだ。

父親とは違う、柔らかな匂いのしそうな他の子供の母親たち。その存在を、一度たりとも羨《うらや》ましく思ったことはない……わけではない。

しかし、どうしたら〝自分だけの母親〟を得られるかなんて知る由《よし》もない私は、その存在を遠くから眺めているだけの小さな子供だった。

優しい父と、私。知らない街での、新たな生活のスタートだった。

引っ越しが落ち着くと、子ども劇団で脚本を書くことになった父に連れられ、挨拶をかねてはじめて稽古場へ顔を出した。

私はそこで、これから〝幼なじみ〟になる東助《とうすけ》と出会う。

スタッフから『こちらは脚本を書いてくださる栗澤《くりさわ》先生、今日は娘さんの万里花《まりか》ちゃんも来てくれました』と紹介されて注目を浴び、逃げだしたくなってしまった。

東助はその劇団に所属する子供で、わらわらと私たち来客を物珍しそうに見る子供たちのなかで一番に名乗り挨拶をしてくれた。

『久留見《くるみ》東助です。こんにちは』

そう名乗った少年は、ぺこりと頭を勢い良く下げる。周りの子供たちも、それにつられて次々に挨拶の声を上げた。

私は驚いた。

父の仕事柄、有名な舞台俳優をそばで見たことが何度もあった。休日に私の預け先を確保できない時には、父は私を稽古場などに連れていったからだ。

あの舞台俳優たちから滲《にじ》み出る、その独特な雰囲気を東助から感じた。

少年らしいひょろりとした体格、黒髪に大きな瞳。なぜか薄く光って見えるような錯覚を起こすほどの存在感。

そのまばたきひとつ、視線ひとつ、佇《たたず》まいだけでも不思議と特別に思える。

私たちはひとつの世界をみんなで共有しているはずなのに、その人の世界、その人だけの世界がそこに存在する唯一無二な感じ。

幼い私でも、東助はこれからたくさんの羨望《せんぼう》を集めながら、あっという間に手の届かない眩《まばゆ》い世界へ駆け上がっていくんだろうとぼんやりと予想できた。

東助がくりくりの目を細めて、ニコッと私に笑ってみせる。

当時の私はかなりこじらせた人見知りで、ただ黙ってどうかあっちへ行ってほしいと念じた。

構わないで、こっちを見ないで、笑わないで。

必死でそう願い父の足にがっしりしがみつく。『い、痛い、いたい』と父が思わず声をもらすほど、離れまいと爪を立てた。

そんな私を見て、東助は言った。

『わぁ、かわいいあかちゃん！』

『……っ！』

あれほど恥ずかしく、子供ながらにプライドが傷つけられたことはない。

四歳でもちゃんと、自分がもう赤ちゃんなどと呼ばれるほど幼くはないと自覚はあったのだ。

私は人見知りの看板をその場で下ろし、生まれてきてから一番の大声で『あかちゃんじゃないもん！』と東助に向かって叫んだ。

父が驚き『えっ』と上げた声が頭上から聞こえる。普段おとなしい娘が大声を出したことに、びっくりしたのだろう。

七歳、小学生の東助から見たら四歳の私はまだ〝赤ちゃん〟に見えたのかもしれないが、私は赤ちゃんと言われて我慢ならなかった。

大声で言い返した私に、東助はわわっと明らかに上気した表情を浮かべた。

『かわいい、かわいい！　おしゃべりができるの？』

『かわいくない！　あかちゃんじゃないもん、くりさわまりかだもん！』

『わ、まりかちゃん大きな声も出せるんだ。いっしょに劇のおけいこする？　おれがお世話してあげる』

父は私の人見知りを改善したかったのか、東助の申し出を渡りに船とばかりに私をその劇団へ即座に入れた。

私は嫌で仕方がなくお稽古の日は泣き喚《わめ》いて反抗していたが、東助は飽きることなくいつも私の隣にいて、甲斐甲斐しく世話をしてくれた。

親同士の会話で家が近いことがわかり、東助は私の家にも頻繁《ひんぱん》に遊びにくるようになった。

自宅という自分の一番の安全圏に侵入され、次第にそこにいるのが当たり前の存在になったということもあったけれど、飽きることなく私のそばにいてなにかと世話を焼いてくる東助に、とうとう私は絆《ほだ》された。


小学生になった時、私は当然のごとく東助に淡い恋心を抱き『お嫁さんになりたい』と伝えたが、それはスルーされた。

あれはショックだった。『いいよ』と笑って答えてくれる予想しかできていなかったからだ。もちろん東助はみんなに優しかった。けれど、とりわけ私にだけは特別に優しかったのだ。勘違いをするほどに。まあ、我ながらそんなのは図太い考えだと、いまなら思うけれど。

スルーされたことに納得がいかなかったが、これから『うん』と言わせてやるぞと子供なりに自分を奮い立たせた。

——まさか二十年以上経っても東助のなかで、私は過保護にならざるをえない妹のような存在のままだなんて、思いもよらずに。

土曜日の昼下がり。一月のどんよりとした鈍色《にびいろ》の空、いまにも天気予報どおりにちらちらと雪が降りだしそうに見える。

空気がキンッと冷えて、街はいつもよりも若干静かな雰囲気に包まれていた。

しかし、昼から飲める串焼きがメインで人気の飲み屋の店内は、正月休みから気持ちを引きずるめでたい空気や会話が流れ、熱気にあふれている。

笑い声がどっと上がったかと思えば、また違うテーブルからは明るいトーンの大きな話し声がする。

店の売りは地酒と新鮮な魚介、脂の輝く肉、みずみずしい野菜だ。それらが串に刺され炭火で次々と焼かれて客に提供される。

評判の秘伝のタレや岩塩、柚子胡椒《ゆずこしょう》や辛子味噌《からしみそ》など、味のバリエーションが豊富だ。

古い店の焼き場からもくもくと煙が立ちのぼり、フロアを食欲と期待で満たしていく。

酒飲みならば、そのシチュエーションだけで一杯やれそうだ。

私もさっきからまだお料理を食べていないのに、中ジョッキに注がれたビールを口に運ぶ手が止まらないでいた。

賑《にぎ》やかな店内でお客さんから注目を集めるのは、串ものや魚介が香ばしく焼かれる焼き場と、もうひとつ。

「万里花、いまのうちにもう一度焼き海老を注文する？　海老好きだろ」

向かいの席で私のために焼き海老の殻を丁寧に剥いてくれている、恐ろしく顔立ちの整っている幼なじみの東助。無自覚に周囲の注目を集める彼が、私にそう聞いてくる。

早く食べたいし、殻なら自分で剥ける。なんなら、いっそのこと……。

「もうそのまま、かじりつきたい、殻ついたままの海老を食べたい」

「だめ。違う店で同じように焼き海老を頼んだ時、海老に頭からかじりついて万里花はずっとむせてただろ」

「ああ～あれは苦しかった。ずーっと殻の欠片が喉に刺さってる感じがして、ビールをいくら流し込んでも取れなくて」

いちいち殻を剥くのが面倒くさい、それに塩がふられ香ばしく焼かれた海老の殻は栄養があって美味しい。

そのまま食べる人もいるからと、真似をしてみたら美味しかったのに大変な目に遭った。

それを思い出してあっははと笑いながらビールをあおると、東助は綺麗《きれい》な顔で呆《あき》れたように「もう」と呟《つぶや》いた。

少年だった東助は、二十九歳になった。

百八十センチを超える身長、バランス良く筋肉がついた体。

顔は凛々《りり》しい眉に、少し垂れたはっきり二重の黒目がちな瞳、ぷくりと浮いた涙袋、縁どられたまつ毛がそこに影をつくる。

すっと高い鼻梁《びりょう》。薄く形の良い唇を、海老の殻を剥くのに集中して無意識に小さく尖《とが》らしている。

ツーブロックの短めの黒髪は仕事柄海風に晒《さら》されて傷みそうなのに艶々《つやつや》として、知的な雰囲気が滲み出ている。

そしてすべての顔のパーツが神がかり的な最高バランスで配置されており、とにかくあまり見かけないレベルの美青年だ。

そのうえ、海上自衛官でエリート幹部。この歳で異例のスピード出世の三等海佐ときた。

誰もが目を奪われ、放っておかない。

子供の頃、四歳の私を『あかちゃん』と呼んだ七歳の男の子は、それはもうとんでもない美青年に成長した。

そして芝居の道には進まず、艦乗《ふなの》りになった。子供だった私が、横須賀《よこすか》で見た海上自衛官と艦を『かっこいい！』と言ったのがきっかけだったという。

決定打となる要因はもっとあとにあったようだけど、私に『かっこいい』と思われたい、そんな気持ちが働いたのだと聞かされたことがあった。

〝私の兄のようなポジション〟である東助は、「より頼りにされて、かっこいいと思ってほしい。そう考えると、自衛官になるというのは最適解だ」と思ったのだという。

それを明かされたのは、自衛官の幹部学校へ進学すると聞いた日だった。私は腰を抜かすほど驚いた。

自分のふとした発言が、東助の人生における道標《みちしるべ》のひとつになっていたなんて。神様でもご両親でもなく、ましてや学校の先生でもない、ただの幼なじみの感想ひとつで進路を決めてしまったなんて無謀すぎる。

しかし、進路を決めたきっかけは些細《ささい》なものだったけれど、東助の持ち前の器用さや優しさ、頭の良さもあって事は問題なく進んでいった。

あれよあれよと幹部学校を卒業し、海上自衛官になりエリート街道を驀進《ばくしん》している。しかも人を惹《ひ》きつける力は、いまも健在だ。

たとえ焼けた海老の殻を夢中で剥いていようが、向かいに私が座っていようがだ。

「こんにちは～。良かったら私たちと一緒に飲みませんか？　〝妹〟さんも一緒に、ね？」

——来た。

すごくいい匂いのする、お人形みたいに綺麗な巻き髪のお姉さんが東助に声をかけてきた。

長く美しく施術されたネイル、ふわふわのニット、頬に艶玉が光る。

完璧に女子力マックスで完全武装した、お姉さんだ。獲物である東助をロックオンし狙う瞳は、ヘーゼルナッツ色のカラーコンタクトで戦闘力を上げている。

歳は、東助と同じくらいか少し上に感じる。

視線をお姉さんがいた席に移すと、残りの綺麗なお姉さんたちがキャッキャしながら小さく東助に手を振っていた。

え、普通、女性連れの男に声をかけるか？なんて店内の客の総意が、一瞬だけ静まり返った事象で伝わってきた。

さりげないふうを装った視線が、あちこちから飛んでくる。

そりゃまぁ、普通なら遠慮をするだろう。声をかけるなら、東助がひとりになったタイミングだ。

私が一緒にいても声をかけてくるなんて、メンタルが強い。違うテーブルのお客さんたちと、私は思わず目を合わせてしまった。

入店した時から、こちらをチラチラ見ていた綺麗なお姉さんたちのグループには気づいていた。

どの人もモデルみたいに綺麗で、飲みものやお料理が運ばれてくるたびに写真を撮っては騒いでいたので少し目立っていた。

お酒を扱うお店だし、若い女性のグループなのだから多少騒ぐのは仕方がない。

そんな雰囲気が、お姉さんたちのテーブルの周りには流れていた。

「〝妹〟さんも、一緒におしゃべりしましょうよ？」

一応声はかけておくかとばかりに、勝ち誇った余裕ある顔で私に話しかけてきた。

私を萎縮《いしゅく》させたいのか、恥をかかせてひとり先に帰らせたいのだろう。

「あ、えっと妹じゃないんです」

「えー、そうなんですか！　てっきり、妹さんかと思ってました！」

悪びれずはっきりものを言うお姉さんから見たら、私は〝妹〟と言いたくなるほど素朴な容姿なのかもしれない。

ほっこり癒やし系だと言われることが多いけれど、華やかなお姉さんと並んだらやはり控えめだ。

平均的な身長。痩せ型で、色白だけど日に焼けやすいから日々のスキンケアが欠かせない。

うっかりしていると、すぐ肌が赤くなってしまう。

セミロングに伸ばした髪は少々猫っ毛気味、しかしするすると指通りがいい。

父に似た大きな瞳に優しい顔立ちで、困ったことも特にない。

しかし粗探しでもするかのごとくお姉さんは私を見るので、目を合わせて寂しげに笑ってみせた。

「お姉さんからは妹に見えるんですね……、本当に妹だったら、もっと大切にしてもらえたかな」

意味ありげに呟いて、東助の顔をちらっと見た。

——これが〝合図〟だ。

目が合った東助は焼き海老を皿に戻すと、深いため息を吐いた。

ふっと、東助がまとっていた柔らかな空気が尖ったものに変わる。

「……だからごめんって。借りたモノはちゃんと返すからって言ってるじゃん」

綺麗な顔に苛立ちを少し浮かべて、誠意の欠片もない言葉を言い放つ。

軽く斜めに座り直し、握った拳を片方テーブルの上に置いてたまにぎゅうっと力を込めている。

その握ってはゆるめられるのを繰り返す拳に、私はびくっと小さく肩を揺らす。

「そうやって先月も言ってた……今日呼び出したのだって、私からまた……借りたいからでしょ」

「そういうつもりじゃ……、でも借りられたら助かるって思っただけだって」

もごもごと言いだしづらそうに東助が話す。私たちのテーブルだけ、どっぷりと深くマリアナ海溝に沈んでいくように息が詰まる雰囲気だ。

隣のテーブルにいるふたり組のおじさまたちも、つられて気まずそうに黙ってしまった。

私は静かに息を吐いて眉を下げ、予想外の東助の豹変《ひょうへん》した様子に黙って立ち尽くすお姉さんを見た。

「ごめんなさい、変な話を聞かせてしまって」

そう謝ると、お姉さんは「まじか」と呟き東助の顔をちらりと見る。東助はバツが悪そうに不貞腐《ふてくさ》れてそっぽを向いた。

お姉さんは、今度は心配そうな視線を私に向けた。根はいい人なのだろう。

「あっ、お姉さん。勘違いしないでくださいね。私、彼に騙《だま》されてるとかじゃなくて……死ぬほどこういうタイプが……好きなんです。私がいないと、もっとだめになっちゃいそうでしょ？」

それを聞いたお姉さんは顔をひきつらせ「ああー……」と困っているので、私はニコッと笑顔を作ってみせた。

「久しぶりに会ってるんです。クリスマスもドタキャンされて会えなかったから」

クリスマスはちょうど週末にあたったので、人混みを避けてマイナーな映画を観にいく約束をしていた。

しかし当日は東助に緊急招集がかかったため、約束が流れてしまった。

その後なんだかんだと都合が合わず、本日久しぶりの顔合わせになったのだ。

「……あっ、そうなんだ、ふたりの邪魔してゴメンなさい。それじゃ！」

私に向けて両手を軽く合わせて、申し訳ないという表情を浮かべる。

そのまま踵《きびす》を返すと、待ち構えていたお姉さんたちに向けて腕を交差させバツ印を作った。

「ええ～なんで～」なんて、声が上がる。

お姉さんがテーブルに戻りみんなにコソコソ話をすると、「顔は満点だけど、お金を無心するクズは無理」「ヒモ予備軍かな？」「わたしヒモでもいいから飼いたい〜！」「彼女が強い」などなどの反応が聞こえてきた。

東助は頬杖《ほおづえ》をつきそっぽを向いたまま、にやにや笑うのを堪えている。

「……ヒモ予備軍だって。東助、演技がまたうまくなったんじゃない？」

こっそりと私は小さな声で話しかける。それが隣にも聞こえたのか、気まずそうに黙ってしまっていたおじさまたちが、ふはっと笑いだした。

「万里花こそ女優だよ。困った顔を見て、借りた小説を持ってくるのを忘れた罪悪感に押し潰されるかと思った」

東助が、隣の席に向かって小さく会釈をする。おじさまたちは状況を理解してくれたようで、ビールが注がれたグラスを軽く持ち上げて面白げに応えてくれた。

「本当なら、先月返してくれるはずだったのにね。まぁいいよ、違う小説の新刊持ってきたから帰りに渡すね」

「やった」

私たちが貸し借りしているモノは、お金ではなくミステリーや警察小説だ。

子供の頃に劇団でつちかった演技力を、いまもこうやって時々披露している。

一緒に出かけていてあまりにも東助が逆ナンされるものだから、海上自衛隊幹部学校を卒業したあとから東助は、時にこんなふうにあまりお付き合いをしたくないタイプの男性を演じるようになった。

私はその場に合わせて〝どうしようもない男性が死ぬほど好きな女性〟を演じている。

利害の一致した、破《わ》れ鍋《なべ》に綴《と》じ蓋《ぶた》的偽装カップル芝居の誕生だった。

ドロドロに爛《ただ》れた雰囲気を出すと、いまのところだいたいの女性は引いてくれている。

そして東助はたいそうこの芝居が気に入ったらしい。密かに悪い男性のバリエーションを増やすため、日々眠りにつく前のわずかな時間に脳内シミュレーションをしているという。勉強熱心か。

どんなに綺麗な女性でも、可愛くても、東助はちっともなびかない。

もしかして私の知らない恋人でもいるのかもしれないと考えたこともあったけれど、その様子が一切ない。

恋人がいたら、いくら幼なじみだからといって異性の私とふたりきりで昼から飲みになんていかないだろう。

だから以前、思いきって聞いたのだ。

どうして、恋人を作らないのかと。

もしかしてとうとう私を……なんて淡い想いがまだ、私には残っていたのだと思う。

そんな私からの質問に、きょとんとした東助の顔をいまでも覚えている。

本当に不思議そうに、逆に私になんでわからないのと言わんばかりに答えたのだ。

国宝ばりの顔面で、私をまっすぐに見つめて真剣に。

『子供の頃から、万里花の面倒を見てきたのに。恋人なんて作ったら、この先見てやれないから』

言っておくが、私は自分で身の回りのことを対処できる成人女性だ。

ネジやナットなどを販売する小さな会社で事務員として働いてお給料を貰《もら》い、実家で父とふたりで慎ましく暮らし、家事も料理もひととおりはする。

メイクやショッピングをしたり、動画を観たり。あとは漫画や小説を読むのが好き。

電子配信が更新される曜日などは日付けが変わるまで起きていて、ベッドのなかで漫画アプリをいそいそと開く普通の大人の女性だ。

お酒も飲むし、しばらく運転していないけれど免許証だってある。

だが、しかし……薄々は気づいていたけれど、東助のなかではやはり、私はいつまでも面倒を見ていてあげなければならない、小さな人見知りの女の子のままだった。

私は成人女性として見られていないと自信をなくすより先に、自分の心を守るために『そうなんだ』とあっけない返事をしてしまった。

子供の頃の初恋の王子様。大人になったら東助のお嫁さんになると宣言していたけれど、私はいまだに〝幼なじみの妹のような存在〟から抜け出せないでいた。

もういっそ、あと十年経って「責任を取って結婚して」と迫ったら……東助は本気にして私と結婚してくれそうだ。

——だって私は東助の大事な幼なじみで、妹のような存在なのでしょう？

そこで「〝妹〟だから結婚はできない」なんて拒否はしないだろう。

でもそれはなんというか……結婚できても、喜ばしいはずなのに寂しくなってしまいそうだ。

〝妹のように〟大事にされればされるほど、ずっと私は東助に対して小さな失恋をし続けていた。

息を止めた恋の亡骸《なきがら》を心の暗い海に沈めるたびに、虚しさで胸がいっぱいになる。

幼なじみで妹のような私は、どうやらこの歳になっても東助の恋愛対象には入らない。

過剰に私を甘やかし、長年生殺しにしているくせに、だ。

私もいろんな感情が乱高下を繰り返しているうちに麻痺《まひ》して、最終的に〝妹ポジション〟に甘んじている。

いまさらもう強引にもなれなくて、この恋が家族に向けるような親愛に変わっていくのを受け止める努力をしている最中だ。

希望はないだろう。だからといって、いまさら他の男性に目を向けようとしても、東助の姿が瞼《まぶた》に焼きついていて鮮烈に存在感を示してくるのが悔しい。

それに他の男性の話、例えば同じ職場の人の話をぽろりとすれば、『誰?』『どこ住み?』『会わせて』『写真見せて』と〝妹ポジション〟の私に真顔で迫ってくる。

冗談ではない様子に、私は東助の前では世間話でも他の男性の話をするのをやめた。

問い詰められている時は私に関心が向いて嬉《うれ》しい気持ちも多少はあるのだが、試し行動に似たそれは、いずれ悪いなにかを引き起こすだろう。

私の恋愛が親愛に変わるその時まで、私以外の誰かと突然結婚するなんてことにならないでほしいと願う。

深く沈め続けた恋心がすべて息を吹き返し、今度こそ死なないゾンビになってしまうから。

長く続いた東助への初恋は、しぶとく図太く、たくましいのだ。

冷めはじめている剥きかけの殻がついた焼き海老の串を、ひょいっとつまんで口に運ぶ。

「あっ」なんて東助が声を上げるけれど、お構いなしに、虚しさと一緒によーく咀《そ》嚼《しゃく》して呑《の》み込んだ。


そのあとは店を変えて酔い覚ましにコーヒーを飲み、買い物をして、散歩がてらゆっくりとふたりで歩いた。

時刻も十八時を過ぎると、すっかり陽は落ち足元からは冷たい空気がはい上がる。

目には見えない氷の粒でも含まれているみたいに、街を呑み込んだ夜のベールはひんやりとしていた。

マフラーやコート、タイツで防寒しても、雪予報が出ている今日は太刀打ちできない。

街にあふれる人たちもたまに真っ黒な空を見上げて白い息を吐きながら、足早に行き交っている。

「しばらく先生に会ってないんだけど、元気にしてる？」

東助は、私の父のことを劇団時代から親しみを込めて『先生』と呼んでくれる。

たしか東助が最後に父に会ったのは、去年の秋くらいかもしれない。実家に寄ったついでにと、私の家のほうにも顔を出してくれたのだ。

「あー……、元気は元気なんだけど」

私は、ここ二ヶ月ほどで少し怖いくらい痩せてしまった父の話をしようと思った。

本当は誰かに、父をよく知る東助に、抱えはじめた自分の不安を吐露したかったのだ。

「なんか、引っかかる言い方をしてる？」

「うーん、なんかね。カラ元気っていうのかな、気持ちは元気に振る舞っているけど……食も細くなって、お父さん痩せてきちゃってるんだ」

一緒に病院へ行こうと言えば、『もう行ったよ』と穏やかに父は答える。

そして『この歳になれば、体のあちこちに不具合が出てくるもんさ』とすっかり頬がこけてしまった顔で笑うのだ。

父はあと数年で還暦だし、髪に白いものも交じりはじめた。とはいえ、まだまだ若いほうだろう。

納得できないでいる私に、薬も飲んでいるから大丈夫だと、父はちらりと白い袋を見せてくれた。

……ただ。私はその薬の入った白い袋の、明らかに何種類もの薬が処方されていると思われるふくらみに、はっとしてしまった。

父は私の表情を見ていたのだろう。『胃薬やなんやが多いんだ。一度に飲むと喉に詰まっちゃいそうだよ』と朗らかに笑って話を流されてしまった。

東助は私の話を聞き、よくある話、たいしたことはない、などとは流さないでくれた。

「先生、もともと背も高いし細身なほうだからなぁ。体重が落ちているように見えるのは、心配だ」

「やっぱりそうだよね？　それにね、あんなに吸っていた煙草もやめたんだよ」

「あれだけ値上げしても、一日に二箱は吸ってた先生が？」

「うん。きっぱり、憑《つ》きものが落ちたみたいにやめちゃった」

本棚に入りきらない本が堆《うずたか》く積まれた書斎で、舞台の脚本を書くためにパソコンに向かう父の手にはいつだって火のついた煙草があった。

仕事中、休憩のたび、食事のあと。一服する父は俗にいうヘビースモーカーだ。

たまに灰をキーボードにうっかり落としてしまっても、気にせずに自らの頭に浮かぶ物語を指先から紡いでいた。

それがある日。突然、煙草をやめ、本棚に入りきらない本を箱に整理し、灰で煤《すす》けたキーボードをクリーナーで綺麗にしていた。

そうやって思い返すと、父の心境に新たななにかが芽生えたのか。または、そうせざるをえない理由があるのか。考えると不安になってしまう。

「東助も、変だと思う？　ただの加齢の節目、みたいなものだったらいいんだけど……」

父の姿を思い浮かべると、自然にじわっと涙が滲んできてしまった。

街のネオン、街灯、車のライト、行き違う人々が涙の膜でゆらゆら揺れる。

ぐずっと鼻をすすると、東助の大きな手が私の手を優しく掴《つか》んだ。

二、三度、「大丈夫だよ」とでもいうように、ぎゅっぎゅと握られる。

子供時代から、東助はこうやって私を励ましてくれる。

「今度、先生の都合のいい時にでも万里花の家に顔を出していいかな。久しぶりに先生に会いたい」

「……うん、そうしてくれたら嬉しい。お父さんの姿を見たら、少し驚くかもしれないけど……。東助からもお父さんに、体の調子を聞いてみてほしいの」

「わかった。無理に聞き出したりはできないと思うけど、話すうちになにかわかるかもしれないしね」

もう一度東助は繫《つな》いだ手に力を込めて、私の顔を覗《のぞ》き込んだ。

「ひとりで考えすぎないで、俺に言って。トークアプリでもいいから……っていっても、すぐに返信できないのが申し訳ないんだけど」

「ありがとう。返信は気にしないで。聞いてもらえるだけでも、全然違うよ」

自衛官という仕事柄、東助とはいつでも好きな時に連絡が取れるわけではない。仕事上機密が多いので、突然連絡が取れなくなる時もある。

それでも父について不安を分け合うきょうだいのいない私は、抱えた不安を東助と共有して頼りたかった。

だから東助からいつまでも妹扱いされるのだと、頭のどこかでもうひとりの私の声がする。

自業自得。私は都合のいい時にだけ、東助を兄という役割にはめてしまっている。こういう時に、自分のずるさみたいな部分を痛いほど実感するのだ。

自衛隊隊舎、いわゆる自衛官の寮に帰る東助とは駅のホームで別れた。

先に東助が乗る電車がホームに滑り込む。人の波にのって電車に乗り込んだ東助が心配そうに振り向いた。

私はつとめて笑みを浮かべ、小さく手を振って見送る。ここで私が「もう少しそばにいて話を聞いて」とすがっても、東助の暮らす隊舎には厳しい門限がある。率先して見本にならなければならない自衛官幹部の東助に、規則を破らせるわけにはいかない。

それに、東助がそう言いだせないのも痛いほど伝わってくる。

だからさっきまでの不安の色を拭って、大丈夫だよと表情に浮かべた。

今度は大きく手を振って、『またね』と口をぱくぱくさせる。ニッと、眉の間に皺《しわ》が寄るほど思いきり笑ってみせた。

頭ひとつ他の乗客たちより背の高い東助は、私の顔を見てふっと笑う。

形の良い唇が『また』と動いた。私はそれに頷《うなず》く。

それからすぐに電車の扉が閉まり、東助やたくさんの乗客を乗せた電車は横須賀に向かって消えていった。

見送ったあとに、ふと視線を感じてそちらを見ると、改札に上がる階段のそばで綺麗な女性が、私を鼻で笑うような仕草をした気がした。

コンビニで父も好きそうな甘いものを買ってマンションへ帰宅すると、父はキッチンで洗いものをしていた。

リビングの三人掛けのソファーには、父がここでひと休みでもしたのかブランケットが置かれている。つけっぱなしのテレビからはバラエティ番組が流れているようで、どっと歓声のSEが聞こえてきた。

エアコンはフル稼働で、部屋を暖めるために暖気を吐き出している。

「おかえり～、寒かったろ」

朗らかな声に、私も答える。

「ただいま！　めっちゃ寒かった！　コンビニで甘いもの買ってきたよ、お父さんも好きそうなの」

マフラーを外す時間も惜しく、父の隣でエコバッグからカップに入ったショートケーキと、生クリームがのったカッププリンを出してみせた。

「まだあるよ、大福にパウンドケーキ。こっちは苺《いちご》のチョコレートで、これは合間に食べる塩煎餅《せんべい》！　ほら！」

これを一度に全部、父が食べられるはずはない。そう頭ではわかりつつ、なにか口にしてほしくて目につくものをすべて買ってしまった。

「これはなんと、すごい量だ」

開いたエコバッグの中身を見て、父は目を丸くした。

「すごくないよ、私だったら一日で食べちゃうもん」

父の手元を覗くと、お客様用のティーカップとソーサーを洗っていたようだ。

「あれ、今日はお客さんが来てたの？」

父は丁寧にティーカップの泡を流していく。

「うん。書斎に本があふれていただろう？　知り合いで欲しい人を募《つの》って譲ったんだ。これで、床が抜けて階下に落ちる心配がなくなった」

あっはっはと笑い、次々にカップやソーサーを手際良くすすいでいく。

ぐっと、息が詰まる。まるで父の一部をなくしてしまったような気持ちになり、シンクに流れるお湯を睨《にら》んでしまう。

どうして。私は父がどんどん削られて減っていくような感覚に少し苦しくなる。

喉から無理やりに声を出して、尋ねた。

「……あれは、お父さんが若い頃からずっと集めていた大事な本でしょう？　良かったの？」

大切な本を手放す。その父の行動に、きゅっと胸が痛む。

私の声色は、強ばってしまっていたのだろうか。父の手は一瞬止まり、しかしこちらを見ずに穏やかに口を開いた。

「お父さんも、もう還暦近い。いままでは自分の頭に浮かぶたくさんの物語を創ることに夢中だったけれど、今度は〝創りたい人〟を育てる側に回ろうと思って。大切にしていた本だけど、若い脚本家やそれを志望している人の糧《かて》にしてほしいんだ」

父の所蔵には海外でしか手に入らない本、まだ日本では翻訳されていない古い本もあった。

それだけ聞いても、貴重なものだとわかる。それらを、次の世代を育てるために託したという。

「……煙草やめたのは、どうして？」

「いまさらだけど、一日でも長く健康でいないと、後世を育てられないから。それに、万里花の恋の成就も見届けないとだしな」

「お父さんっ！」

「ははっ、今日は東助とデートだったんだろう？ 進展はあったか？ コーヒーいれるから聞かせてくれ」

洗いものが終わった父は、ほらほらと私に手を洗いコートを脱いでくるよう急かした。

インスタントのコーヒーをいれる。それは、今日も私の話を聞かせてほしいという合図だ。

はぐらかされた気もするけれど、私のなかでモヤモヤとしていた不安が少しだけ消えた。

最近の身辺整理は、後世を育てる準備のため。煙草をやめたのも、同じ理由。

痩せてきているのはきっと、ただ一時的に食が細くなってきているだけなのだろう。

私たち父子は、昔から割となんでも話し合ってきた。

感情や行動、悩みなど、人から発露するさまざまな事象は父の創作の糧になる。それを理解しているし、なにより大好きな父にはなんでも話ができた。

だから東助への淡い想いも、まったく脈がないことも隠さずにすべて話している。

『万里花はこんなに可愛いのに、東助は見る目がないな～』なんて、親のひいき目全開で慰められるのはいつものことだ。

コートを脱ぎ手洗いを済ませリビングへ戻ってくると、テーブルにはコーヒーと、私が買った甘いものが広げられていた。

ソファーに座った父の隣に腰かけると、今日の報告会のはじまりだ。

「まずは……僕は、どれを貰えるの？　どれも美味そうだ」

その明るい声は、私をとても安心させ嬉しくした。

「どれでも、好きなだけ！　全部食べてもいいよっ」

そう言うと父は楽しげに笑い、カップのショートケーキを手に取った。


東助は自身が言いだしたとおり、翌々週には父に会いにきてくれた。

ふたりは舞台の話で盛り上がり、東助がいつか退官したら父の脚本でまた舞台に立ちたいと語った。

私にはそれが、「だから健康に気をつけてほしい」という、東助からの父へのメッセージに感じた。

父は、それは面白そうだと身を乗り出し、東助のためにひとつ物語を綴《つづ》ろうとアイデアを語りだした。

海にまつわる話がいいと、海外の神話や地方に伝わる不思議な話を披露する。海の怪物クラーケン、浜辺に流れついた大釜に似た物体、空飛ぶ船に乗り昼と夜を旅する神様のお話だ。

そうなると、父は自分の世界にすっかり入ってしまう。

頭のなか。舞台の幕の裏で、誰もが魅せられる物語が糸を紡ぐように繋がり、その姿を現していっている最中なのだろう。

私たちは立ち入れない、いまはまだ父だけの物語の世界だ。

東助と私は目を合わせ、これは大丈夫そうだという安堵《あんど》からひっそりと微笑み合う。

セーターの袖から覗く細くなった父の手首、目元に現れた年相応の皺も、これから見慣れた日常になっていく。

――そう、思っていたのに。

翌月。父は稽古場で引き継ぎ中に倒れ、そのままひとり逝《い》ってしまった。

訃報《ふほう》を知らされたのは、お昼休みも終わりの頃だった。

私はお弁当を食べ終え、歯磨きを済ませていた。そして外で昼食を取った社員が、ぽちぽちと帰ってきた頃。

夕飯の買い物はどうしようかなんて考えていると、スマホに見知らぬ番号からの着信があった。

マナーモードのスマホが、ずっと震えている。

躊躇《ためら》い、一度目は無視を決め込んだ。

やがてそれは止まったが、すぐに再び、震えだす。知らない番号からの着信は普段取らないので、スマホを握ったまま困ってしまった。

そんな様子を近くで見ていたのか、父と歳の近い部長が「出ようか？」と申し出てくれた。

それをやんわりと断り、いまだ震え続けるスマホを覚悟を決めてタップする。

「……もしもし？」

電話の向こうから聞き覚えのない男性の声で、私が本人か名前を呼ばれて確認された。

そうですと答えると、自分は父と一緒に仕事をしている舞台演出家で、いま父と病院にいるという。

私もよく知る市内の総合病院の名を告げ、父が稽古場で倒れ救急搬送されたのだと説明してくれた。

「あの、父はっ、父は大丈夫なんですか!?」

今朝は、冷え込んだせいか父は朝食に起きてこなかった。

こういうことは珍しくなく、私は父の分の朝食にラップをして、父の部屋の外から声をかけ出勤したのだ。

いつもどおりの朝だ。なんにも、変わったことなんてなかったはずだ。

電話の向こうの男性は、黙ってしまった。

「もしもし、あのっ、父は……っ」

昼休みが終わり、外で昼食を済ませてきた社員たちが「どうした？」と私を見ている。

部長も、心配そうに私の様子を窺《うかが》っている。

男性は少しの沈黙のあと……父が息を引き取ったことを私に告げた。

「……っ、冗談ですよね、死んじゃったなんて、嘘《うそ》ですよね？」

そう言ってほしかったのに、男性はもう一度今度ははっきりと父が亡くなったと告げた。

放心状態でスマホを落とし、その場でうずくまってしまった私の代わりに、部長がスマホを拾い上げ会話を続けてくれた。

そしてすぐに向かったほうがいいと言って、営業車でその総合病院まで送ってくれた。

……そのあとのことは、正直あまりよく覚えていない。

父に付き添ってくれていた男性の話では、父は末期の病に侵されていたという。

私にはそれを伏せ、仕事の関係者だけに打ち明けて生前整理を進めていたらしい。余命宣告ではあと二ヶ月は猶予があったらしかったというが、急変し倒れそのまま逝ってしまった。

そんなこと、まったく知らなかった。

心配して声をかけても、大丈夫だと言っていたのに。

だから私は……ううん、もっとしっかり聞けば良かった。無理にでも一緒に病院へ行けば良かった。

もっと注意深く父の様子を見ていれば……見ていれば、余命宣告されたと打ち明けてもらえた？

父はいつか、最後には私にも伝えるつもりだったのだろうか。今際《いまわ》の際に、なにを思ったのだろう。

「ありがとう」という感謝も「死んでは嫌だ」という想いも、父にはなにも伝えられないまま逝かせてしまった。

頬のこけた白い顔の父は、静かに目を閉じている。

私は嵐みたいな感情に激しく揺さぶられて、息を引き取った父にすがり、ただ涙を流し呻《うめ》くことしかできなかった。

学生時代に家を飛び出し親類縁者とは疎遠になっていた父の葬儀には、代わりに舞台関係者や劇団員がたくさん参列してくれた。

子ども劇団で一緒だった人たちも来てくれて、ちょっとした同窓会のような雰囲気にもなった。

喪主とは名ばかりの私を助けてくれたのは、東助とそのご両親だ。

東助には、葬儀が休暇にあたる週末になったので来てもらえた。彼はつかず離れずの立ち位置で、ずっと私をフォローしてくれていた。

父の紡いだ物語に関わってくれたみんなが見守るなか、葬儀は滞りなく終わった。

三月、風のなかに柔らかな春の匂いがかすかに混じる。父はこの春風と一緒に、もっと美しく眩《まぶ》しい世界へ旅立っていった。

その翌週末も、東助は昼前にマンションへ私の様子を見にきてくれた。実家で買い物でも頼まれたのか、ふくらんだエコバッグを肩からかけていた。

ドアを開けた瞬間、あの斎場の外で嗅《か》いだ春風の匂いが吹き込んできて、またじわりと涙が出てしまった。

「……万里花」

「……ごめんね、大丈夫だから上がって」

遺影の写真を選ぶために引っ張り出されたアルバム、葬儀のあとに脱いでソファーにかけられたままの喪服、リビングには父の死がまだ色濃く残されている。散らかった部屋に東助を上げるのは恥ずかしいはずなのに、私にはそこまで考える気力が残されていない。

東助は部屋に上がったことでなにか感じたはずなのに、それを口にはしなかった。

「今日は俺がコーヒーをいれるから。勝手知ったる万里花の家だからね」

「あー……、ありがとう。コーヒー……そういえばあれから飲んでないかも」

葬儀屋さんがリビングの端に作ってくれたこぢんまりとした祭壇に目をやる。まだ納骨前の父の遺骨が祀《まつ》られている。

「先生の分もいれよう。じゃ、勝手にキッチン使うよ」

「うん」

手伝う気力も湧かず、東助に任せきりでソファーに座ってしまった。甘えすぎている自覚があるぶん、申し訳なさで押し潰されそうだ。

マグカップを食器棚から出す音、コンロがつけられる音、久しぶりに自分以外がキッチンに立つ生活音に目を閉じる。

父もそうやって、よくキッチンでお湯を沸かしていた。

「……万里花？」

名前を呼ばれて、ふっと遠のいてしまっていた意識が戻った。

「……ごめん、ぼうっとしてた」

テーブルには、湯気がのぼるコーヒーがいれられたマグカップが置かれている。祭壇の端にも、マグカップがお供えされていた。

嗅ぎ慣れた香ばしい香りに、縮こまって硬くなった心がほぐれていく。

東助は私の隣に座り、マグカップを手渡してくれた。それを受け取り、そのままそうっと慎重に口にする。

熱くて、いつもと同じインスタントコーヒーの味だった。

テレビもつけていない。たまに車の行き交う音がかすかにするだけで、室内は静まり返っている。

そういえばと窓辺に目をやると、カーテンはずっと閉めたままで室内はどこか薄暗い。

東助とはいつも会話が弾みしゃべりたおしてしまうのに、いまは話題がなにも浮かばない。

ただ、ぽっかりと。考える力や行動力が、ぽっかりと胸に空いた穴からだいぶ抜け落ちてしまっている。

コーヒーのお礼を言って、それから散らかった部屋に上げたことを謝って……思いつきはするが、はじめのひと声が出ないでいた。

「……眠れてないだろ。目元に隈《くま》ができてる」

小さな、窺うような声色で東助が言った。

私は東助の顔も見ずに、マグカップのなかで揺れるコーヒーを見つめたまま、ただその言葉に素直に頷いた。

父が急死し、心構えがなにもないまま毎日事務的な手続きに追われている。忙しさで悲しみがまぎれ、眠れるかと思いきや、疲労しすぎた体は逆に寝つけないでいた。

真っ暗な部屋で横になり、頭は後悔やこれからのことを勝手に浮かべ考える。

後悔ならたくさんあって、これからの心配も山ほどあって……昼は体が、真夜中には頭のなかが酷使されていた。

東助の大きな手が、マグカップを持っていないほうの私の手に触れた。

そこからじわじわと、熱と、心配してくれている気持ちが伝わってくる。

……そうだ。東助も国防の仕事で日々大変なのに、私がしっかりしないせいで迷惑をかけてしまっているんだ。

思わず、ぱっと手を引っ込めてしまった。

顔を上げると、東助は驚いた表情をしている。

「……っ、ごめん、東助も、忙しいし、せっかくのお休みなのに、ごめんなさいっ」

ぐちゃぐちゃと頭のなかが、かき混ぜられていく。大丈夫だよって笑ったほうが、いいに決まっている。だけど多分、私の顔は強ばって真っ青だろう。

「万里花」

「ごめん、私は大丈夫だから。今夜からはちゃんと眠れるから、今日は帰って……」

うじうじとしている自分がとても恥ずかしい。せっかく来てくれた東助に帰れだなんて、どうかしている。

だけど、一度こんがらがった頭のなかはどうにもならない。このままでは、東助に感情的になって意味もなくあたってしまいそうだった。

元気だったらもっと理性的になれる。だけど元気って、どうやって出すんだっけ。

「帰らない」

「……えっ、帰って大丈夫だよ……」

「帰らないよ」

「ど、どうして」

予想もしていなかった東助の即答に私の頭は驚き、ちょっと冷えた。

「今日は万里花のそばにいるって決めてきたんだ。緊急招集がかからない限り、俺はここにいる」

そう言って東助は「まずは飯！」と言って、寒い玄関に下ろしたままだったエコバッグを持ってきた。

「いまは外に食べにいくのもキツいだろうから、食材を買ってきたんだ。またキッチン借りるからね」

返事なんて待たずに、東助はさっさとキッチンで買ってきたものを取り出していく。

私はまだ、隙あらば帰ってもらおうと東助についていく。

玉ねぎ、人参、じゃがいもにハチミツ……カレーだろうか。

海上自衛隊では、毎週金曜日はカレーだと聞いている。しかも、艦ごとにレシピが微妙に違う自慢のカレーらしい。

カレールーにローリエの葉、そしてリンゴの写真の紙パックが出てきた。

「リンゴジュース？」

さっきまでぐずっていたくせに、エコバッグから出された予想外の食品に思わず声を上げてしまった。

「うちの艦の給養員に聞いてきた、めっちゃ美味いカレーができる。給養員っていうのは、艦や基地ごとに配置されてる、食事を作る専門の隊員ね」

「そうなんだ、隊員が交代で食事の用意をするのかと思ってた……」

「給養員になるには、舞鶴《まいづる》の学校へ入って勉強しなきゃなんだ。あっ、これ洗い終わったら炊飯を頼んでいい？」

「あっ、うん」

手際良く野菜を洗いはじめた東助の横で、私は指示されたとおりにお米を研ぐ準備に入った。

腕まくりをし、空の炊飯釜を手に取って気づいた。

「あ、ああー……東助にもう一回、帰ってって伝えようとしてたのに～」

雰囲気と東助の声にのせられて、一緒に食事の準備をはじめてしまっている。

「万里花、諦めろ。俺がどれだけ諦めが悪いか、万里花が一番よく知ってるだろう？」

「うう～、知ってるよ。子供の頃から、泣き喚く私のそばから離れなかったもんね。泣きやむまで、根気良く一緒にいたもんね。ほんと東助って、変わってるよ」

憎まれ口を叩《たた》きながら、東助には門限があるし、夜になればどっちにしろ帰るだろうと考えていまは諦めた。

東助が昼食にと作ってくれたカレーは、ものすごく美味しかった。

辛さのなかにコクがあり、まるで専門店のカレーのような高貴な風味だった。ひと口食べると深い味を舌と頭が追って、スプーンが止まらない。

うちの冷蔵庫にあった調味料なんかも使っていたけれど、私には再現不可能な旨味があった。

久しぶりにご飯を炊き、温かい食事を取ったから余計にそう感じたのかもしれない。苦しい気持ちが胸のあたりを押し上げ、食欲がずっと湧かなかった。だけど東助が作ってくれたカレーは、時間をかけながら完食ができた。

それから東助は、私がやらなければならない事務的な手続きを書き出し、スマホでいろいろと調べながら優先順位をつけていった。

「簡単な表だけど。万里花がしなくちゃいけない、先生に関する残りの手続きだ。上から順番に、済んだら横線を引いて消していくといい。頑張ったんだな、あと少しだ」

こうやって目に見える形で〝やることリスト〞を作ってもらえると、まだ手続きの時間に猶予があったりするものもいくつかあるのだとわかった。

葬儀が済みこれから速やかに行うのは、保険会社への連絡や公共料金各社への契約者変更、父名義のカードの解約だった。

あれもこれもと、勝手に背負い込み忙しくしていたのは私自身だったみたいだ。

「……ありがとう。すごく助かる、表にしてもらうとわかりやすいよ」

「いいんだ。きっとこういうものは、親戚やきょうだいたちで集まって話し合い分担するんだろう。だから、俺も協力する。うちの父さんや母さんも、もっと頼ってほしいって言ってる」

「そんな、お葬式の時だってどれだけ助けてもらったか……本当にありがとうございます」

頭を下げると、「いいから」と東助の声が降ってくる。

私ひとりでは、ほぼ葬儀会社の方に任せてしまったと思う。そばに東助やそのご両親がいてくれたから、できる限りだが頑張れたのだ。

何度もお礼を伝えたがまだまだ足りないくらいだと言うと、ううんと東助は首を振った。

東助に会いご飯を作ってもらい、これからのスケジュールの順序だてをしてもらった。

先が少し見えたことで、私の気持ちは朝よりも軽くなっていた。

ぐちゃぐちゃだった頭のなかも整理され、東助にあたらずに済んだ。

東助と会うと、いつも時間が短く感じる。今日も例にもれず、陽は夕方の赤い光になってカーテンの向こうを照らしはじめた。

自衛隊隊舎の門限にはまだ余裕があるだろうけれど、私は東助にも体を休めてほしかった。

私に会いにきて、なだめ、カレーを作り、心身ともに疲れたと思う。先週末だって、父の葬儀を手伝ってくれたのだ。

「東助のこと、そろそろ駅まで送っていくよ。まだこの時間なら電車もぎゅうぎゅうには混まないから、帰りが楽だよ」

今日は来てくれてありがとう……と、締めに入るが、東助は「帰らない」と言う。

このやりとり、昼にもした。

「帰らないって、まだ時間に余裕あるけど門限あるでしょう？」

「今日は、外泊許可を取ってきた。だから今夜はここに泊まるつもりだ」

びっくりした。驚いた。そんな話は聞いていない。

「……えっ、泊まる!?　なんで、っていうか、なんで!?」

東助は真面目な顔をして、一回落ち着こうと私に言う。その平静さに、ひとり焦る私はますますわけがわからなくなった。

「なんでって、前にも何度も泊まってるだろう？　それに夕飯も万里花に作って食べさせたいし、ちゃんと寝るのを見届けたい」

かっこいい顔でそう言っているが、東助がうちに泊まりにきていたのは子供の頃だ。

そのノリで、大人になったいま「泊まる」と言われても、心情的にとても困る。

ひとりで意識してしまう。けれど、それを東助に悟られるのはとても嫌だ。

東助はまったく、なんの邪《よこしま》な考えもなく私を心配する純度百パーセントの気持ちで行動してくれている。

久留見東助という人間は、昔から私にだけ特別、過保護なのだ。

夕方の柔らかな日差しが、カーテンの隙間から東助を照らす。

輪郭はぼんやりと光って、日頃潮風に吹き晒される黒髪が赤みがかって見える。

「……万里花？」

「……うん」

東助は今日ここに来るまでに、カレーのレシピを聞き、外泊届を出し、買い物をしてやってきてくれた。

ひとりになった私のことを考えてくれる、優しい人だ。

……私は考えた。

この世にいま、これほど私を心配してくれる人がいるだろうかと。

無償の愛を穏やかに向けてくれていた父は、もういない。

それを深く理解しカバーしようとしてくれるのは、東助しかいないだろう。

その気持ちを無下にはしたくない。ひと欠片もこぼさずに受け取りたい。

「……夕飯、なに作る予定？」

そう聞くと、東助は目を細め爽やかに笑って答えた。

「うちの艦以外の、オリジナルレシピのカレー！」

「……カレー……あは、あははははっ！　お昼に食べたばかりだよ？」

「給養員にアレンジ違いも聞いてきたんだ。どれだけカレー作る気だって言われたけど、万里花の好物だもんな！」

そうきっぱり言いきられると、なにも言えない。ありがたく受け入れるだけだ。

カレーは好きだ。ああ、だからお昼に東助はカレーを作ってくれたのか。

比較的簡単に作れるとか、海上自衛隊のカレーは有名だからとか、そういう理由ではなかったんだ。

私がカレー好きだから、だったんだ。

「じゃあ、いっぱい作ってほしいな。いつでも食べられるように、冷凍する分も」

そうお願いすると、東助は嬉しそうに頷いた。


すっかり夜になった私の家に、大人になった東助がいるなんて不思議な気持ちだ。

約束どおり、東助は今度はお鍋いっぱいにカレーを作ってくれた。

記念にとお互いに皿に盛ったカレーを持ち写真を撮って、見せっこをして笑った。

食べ終わると、「ちょっと実家に顔を見せて、ついでに風呂に入ってくる」と言って、いったん実家へと帰っていった。

東助の実家は、私が暮らすマンションの近くだ。徒歩だと五分くらいで、子供の頃、東助はよく走ってやってきていた。

時刻は二十一時。東助が実家に帰っている間にアルバムや喪服を片づけた。

それからリビングにお客さん用のお布団を出して、粗熱がすっかり取れたカレーを小分けし冷凍庫に入れた。

祭壇に上がったコーヒーを下げながら、私は父の遺影に話しかける。

「お父さん、緊急事態だよ。今夜、東助がうちに泊まってくれるって。夕飯たくさん食べたから、明日の朝は絶対に私の顔はぱんぱんに浮腫《むく》んでるよ」

そう語りかけると、穏やかな気持ちになってきた。

「……不思議だね。今朝まで、自分のことはなんにもしたくなかったんだよ……だけど東助が来てくれて、元気を貰ったみたい」

笑顔の父の遺影を見つめる。返事なんてしてはこないけれど、優しい眼差しは変わらない。

この写真は私が去年撮ったもので、まさか遺影に使うつもりなんてあの時にはまったくなかった。

こうして遺影に使って、あらためて娘に向ける視線の柔らかさに気づく。

「……お父さん。明日の朝、私の顔が浮腫まないように見守っていてね」

こんなことを頼まれて、父は苦笑いを浮かべながら困っているだろうと想像ができた。

そんなことをしているうちに、東助が夜の冷えた匂いをまとって戻ってきた。

濡《ぬ》れ髪に上着とスウェット姿、持っているスーパーの袋にはお菓子やアイスがぎゅうぎゅうに詰められている。

「これ、母さんから差し入れだって。顔見せるなら、早く言えって怒られた。俺が風呂に入ってる間にスーパーに急いで行って、買ってきてた」

玄関で「はい」と渡される。受け取ると、ずっしりと重い。

「わ、たくさん入ってるよ。こんなに貰っていいのかな」

「万里花の好きそうなものを選んだって言ってたよ。アイスは早くしまえって。あと明日のパンとか牛乳とかも入ってるみたい」

「ほんと？　なんにもなかったから、助かっちゃう」

「明日はふたりでお昼食べにこいって。母さん、ご飯作って待ってるからってさ。もし緊急招集で俺がいなくても、万里花を待ってるって伝言も預かった」

そのありがたい伝言に、ありがとうと何度もお礼を言った。

東助にはリビングでゆっくりしてもらい、私はお風呂に入る。湯船に浸かると、突然帰ってきた東助を見て、おばさんが驚く様子が目に浮かんだ。

私のマンションに東助が泊まると知って、慌てて近所のスーパーにおやつやパンを買いにいったのだろう。

お腹が減らないように、なにか食べるものをと思ってくれたのだ。

いい大人になった私たちでも、おばさんにしたら子供のままなのかもしれない。

それを、嬉しく思う。

成長過程の体のことで、困った時に私が頼ったのはおばさんだ。なんせ父には言いだせない下着やはじめての生理用品のことなどで、大変お世話になった。

私にしたら、一番お母さんに近い存在なのだ。

お風呂から上がると、東助はスマホを眺めていた。

「職場から連絡来たの？」

「いや、カレーのレシピを教えてくれた奴が【うまく作れた？】ってメッセージをくれて。夜に撮った写真、送ってもいい？」

「うん、是非ぜひ！　美味しかったってお礼を伝えてほしいな！」

そう言うと、東助は手早くメッセージを返した。「はい、できた」と画面を見せてくれる。そこには、カレーを前にしてにっこにこしている私の写真があった。

楽しいって、写真から伝わってくる。

「わ、カレーだけで良かったのに！　私の写真はいらなかったよ、あっ、既読ついちゃった」

「スタンプも来た……あ、【可愛い】だって」

「うああ～恥ずかしい、気を遣ってくれてる」

「正直な感想だよ。万里花は可愛いし、カレーはうまく作れたし良かった」

可愛い、と何気なくさらりと言われて汗が噴き出しそうだ。

スマホを眺め、なぜか「フフン」と得意げになっている東助の背中を軽く叩く。

気恥ずかしさが出てきてしまい、最近めっきり見ていなかったテレビをつけようとして手が止まる。

視界の端に、まだ見慣れることができない祭壇が見えた。

「……あっ」

……東助がこんな時間にまでうちにいてくれて、浮かれているのはおかしいんじゃない？

父を亡くしたばかりで、私が笑ってるなんておかしいんじゃないかな。

ずうんと、とてつもない罪悪感がいきなりのしかかってきた。

いや、笑っていたって父は私を責めたりしないはずだ。もちろん東助だって。なのに、私は私を責めはじめる。

なんで笑えるの。楽しそうなの。

いや、だっていつまでも落ち込んでいられない。みんなに心配をかけ続けたら迷惑になる。

今日は東助が来てくれて嬉しい。だけど、いまはたまたま横須賀にいるけれど、東助は日本中それこそ北海道から沖縄まであちこち転勤してしまう職業だ。

そのうち、幹部自衛官として東京の市ケ谷《いちがや》にある防衛省へ行くと聞いている。

私はその時、泣かないで見送れるかな……あ、だめだ。絶対泣く。

心臓が嫌な感じにばくばくと脈打ち、胸のなかにドロリとした黒い感情が流れ出る。

「……万里花、どうした？」

はっとして、慌てて表情を取り繕う。

「東助が来てくれたおかげで、安心できたみたい。眠気がきて、ぼうっとしちゃった。お布団、敷いちゃうね」

リビングのローテーブルを端に寄せて、出しておいたお客さん用の布団をそそくさと敷く。隣から、東助も手伝ってくれた。

リビングにかけられた時計を見ると、二十二時を過ぎている。

「じゃあ、今日は本当に来てくれてありがとう……私、先に寝かせてもらうね」

「眠れそう？　もしだめだったら、眠くなるまで話をしよう。待ってるから」

本気で待っていてくれそうな東助に、大丈夫だよと伝えて自室へ向かった。

ただ、時計の秒針が進む音だけがやけに響く。

リビングに東助がいるなんて信じられないほど、静かだ。

真っ暗な部屋で何度寝返りを打っても眠れそうになかったが、そのうちにうとうとと意識が薄らいでくる。

やっとちゃんと眠れるかもしれない……そう思った矢先に、不安が首をもたげてしまった。

ひとりぼっちになった自分、これからの生活の不安、先の見えない未来。

父を死なせてしまったという罪悪感が、私を背中から抱き込む。

もっと早く、父の体調の異変に気づいていたら良かった。痩せはじめた頃……ううん、もっと前だ。

早く、早くどうにかしていれば、家族の私が気づいていれば父は死なずに済んだかもしれない。

半年前、一年前、一年半前。父との思い出を頭に浮かべる。いまさらだと理解はできても、頭はそれを止められない。

「……ひくっ」

散々泣いたはずなのに、まだ涙が流れ出てくる。声を殺し、嗚咽《おえつ》が部屋の外へもれないよう奥歯を噛《か》み締める。

ちゃんとひとりで、頑張らなきゃ。

早く立ち直って、手助けしてくれた人たちにお礼を伝えなきゃ。

これからのことをしっかり考えないと、胸にぽっかり空いた穴は塞《ふさ》がらない。

悲劇のヒロインぶりたいわけではない。本来はポジティブなほうの性格なのに、どうしても悲嘆に暮れてしまう。

くっと喉が鳴る。鼻も痛い。もう眠らず身を起こしてしまおうと寝返ると、部屋のドアが軽く二回叩かれた。

不意のことで一瞬身構えたが、東助だ。

パジャマの袖で濡れた目元をごしごし拭《ぬぐ》って、静かに息を整える。

「……どうしたの、呼び出しがあった？」

招集がかかったのだろうか。それとも……。

「いいや。良かったら俺と少しだけ、話をしないか？」

こういう時、断ってもぐいっとくるのが東助だ。それは身に染みるほど理解している私だが、返事をするのに時間がかかる。

「……私、泣いちゃうから話にならないと思う」

正直な気持ちだ。昼間ほど落ち着いて話をする自信がない。

ベッドの上から答えると、静かにドアが開いた。暗い廊下、空いた隙間から東助のシルエットが見えた。

「それでもいいよ」

「……開けていいって、言ってないのに」

「ごめん」

東助はそう言いながらも、迷う素振りを一切見せずに、当たり前みたいに部屋に入ってきた。

そうしてベッドに腰かけて腕を広げ、広い胸に私を抱き寄せた。

他所《よそ》の家の柔軟剤の匂い、突然の密着、東助の息遣い。

戸惑いと安心感が混ざり合う。大きな手で後頭部を優しく撫《な》でられると、突然激しく寂しさに似た感情に襲われ、息が苦しくなった。

「……うっ、……ひっく……うう」

止まったと思った涙は、東助のぬくもりに後押しをされて流れ出た。こうなったらもう誤魔化せないし、その気力もない。

「……お父さん、おとうさん……死んじゃったぁ」

「うん」

「私、気づかなくて……っ、お父さんの病状がそんなに酷かったの、わからなくて」

東助の手は、返事の代わりに私の頭や背中を撫で続ける。

「先生は、万里花に心配させたくなかったんだろうけど……言ってほしかったよな」

「……うん、うん。なんにも知らないで、ひとりで……置いていかれるほうが……嫌だ」

なにも私に知らせなかった父の気持ちも、わからないわけではなかった。

残していく私が困らないようにと……生前整理をしていた。書斎の残された本は、引き取り先が決まっていると父の仕事関係の方から聞いた。

手をつけていた仕事はすべて納品し、著作権の相続などを含めて弁護士に相談していた。

通帳や証券などはまとめて書斎の机の引き出しに、仕事先や知り合いなどの連絡先を記したメモと一緒にしまってあった。

そこには、自身のお葬式にあてる用にだろう、まとまった現金まで入っていた。

あまりにも、用意周到だったのだ。

父が準備してくれたものを見つけるたびに、その想いに胸が潰れそうだった。

「……足元がぐらぐらして……怖い。自分の半分がなくなっちゃったみたいで、怖い」

父と、見知らぬ母。ふたりから生まれた私。その父が、私の半分が亡くなってしまった喪失感はうまく言葉にできない。

怖い、と言う私を、東助は力を込めて抱き締める。

「俺がいる。俺がいるから……」

私は埋めていた東助の胸から顔を上げて、その表情を見た。

薄暗がりのなか。東助が私を慰めようと、言葉や行動で心を砕いてくれている。

……いまだけ。

……今夜だけでいいから、私を絶対に離さないでいてほしいと思ってしまった。

「……離さないで、お願い……おねがい」

私は、すぐそばにあった東助の唇に、自分の唇を押し当てた。

びくりと、東助の肩が揺れる。ああ、嫌われたなと頭の片隅でぼんやりと考える。

唇を離す。東助はなにも言わないで、驚いた顔で私を見る。

その揺れる瞳を見ながら、激しい後悔に呑み込まれていた。

回らない頭で、大胆な行動に出てしまった。

気分がどん底の時には、大事な判断は下してはいけない。

そう言っていたのは、誰だったろうか。その言葉の意味を、東助の瞳が教えてくれているように見えた。

自分の軽率な行動で、大事な幼なじみまで失ってしまいそうだ。

気持ちが引き潮のように、さらにすうっと後ろ向きになっていく。東助を、傷つけてしまった。

「ご、ごめんなさいっ」

いまだ力の込められた腕から抜け出そうと身をよじると、さらに力を込めて抱き締められた。

「……謝るな」

「でもっ」

「謝んなくていい……っ」

えっと思う間もなく、今度は東助のほうから口づけられた。

確かめるように、柔らかく唇が押し当てられる。じわじわと胸が熱くなって、体の力をふっと抜いた。

それが東助に伝わったのか、頬に手が添えられる。

二度、三度と繰り返されるキスに、たまらず私は東助の腕を掴んだ。

「……んんっ」

やっと離されたと思ったら、再びまた、今度は深くまさぐるキスをされる。

私は……東助が私をいまだけでも受け入れてくれたのが、心の底から嬉しかった。

否定されなかった、この事実はなによりも嬉しかった。ぽっかり空いた穴が、東助でじわじわと満たされて塞がれていく。

大きな手が私の背中をまさぐり、唇は首筋にも落ちる。

〝妹〟には向けない、欲を孕《はら》んだ東助の上気した眼差しにお腹の奥がぞくりとした。

きっと私も、同じ目で東助を見ている。

視線が交差し、「東助」と小さく名前を呼んだ。

すべてを晒されてもいいと思いながら、私をベッドへゆっくり押し倒す東助の首に腕を回した。


翌朝の気恥ずかしさは、いま思い出しても叫びだしたいほどだ。

狭いベッドで目が覚めて、腕枕をしながら私の顔を凝視していた東助を見て、飛び上がるかと思うくらいに驚いたし恥ずかしかった。

おはようと挨拶をし、あっちを向いてもらっている間に下着とパジャマを急いで身につけた。

東助の脱いだスウェットを拾って渡し、ひとり部屋から逃げるように出る。

ふたりとも特別なことはなにも言わず、あれから話題にもしなかった。

多少……いや、かなりぎこちなくても、変わらず幼なじみとして接してくれる東助に、心のなかで感謝をする。

あの夜に満たされた気持ちは、あのまま私の力の源になった。

父の死をショックに思わなくなったわけではないけれど、少なくとも「ひとりぼっちになってしまった」という気持ちは明らかに薄らいだ。

我ながら調子がいいなと思うけれど、下を向かずにいられる日が増えていると思う。

――そうして、私はやっぱり東助を好きなのだと強く実感している。

いまさら、また兄のように思うなんて私には無理な話になっていて、恋心は募るばかりだ。もう妹ポジションに甘んじていた自分は消えていた。

その頃、東助の乗った艦は日本を離れていた。他国との共同訓練のため、それらが終了するまで数ヶ月は帰港しない。

次に東助に会えるのは、初夏頃だろうか。

そうしたら、好きだとちゃんと告白しようと決めた。

玉砕は覚悟できている。あの夜のことは、東助からのお情けだ。

フラれても、あの熱を貰えた夜を思い出に生きていける気がするし、東助を大事にしたい気持ちは変わらない。

四月になった景色はすっかり春色で、たくさんの命の息吹が風になり私の背中を押した。


仕事帰り。なんだか調子がいまいちで、春先の風邪でもひいたのかと思いながら帰宅すると、マンションの前に美女が立っていた。

私より少し歳上っぽい雰囲気で、身につけているのはブランドものばかり。高そうな時計が細い手首で存在を主張していた。

道行く人たちが、ちらりと美女を見ながら通り過ぎていく。

誰か、マンションの住人でも待っているのかな。私をじろじろと、頭の先からつま先まで凝視するその人に軽く会釈をして通り過ぎようとしたら。

「あの、あなた、東助さんの幼なじみ？」

そんな尋ね方をされたのははじめてで、一瞬身構えてしまう。美女はずいっと私に近づいて、さらに顔をじろりと見るとフフンと鼻で笑った。

気分が悪い。ただでさえ具合が悪いのに、顔を見て『フフン』なんてされたら最悪だ。

でもこの嫌な感じ、かすかに覚えがある。どこかで、こんなふうに鼻で笑われた？

美女はそんな私の様子などお構いなしに「そうよね？」と問う。

この人、東助の知り合いなんだろうか。どうしてうちを知っていて、私に会いにきたのだろう。

「……えっと、久留見東助さんでしたら、私の幼なじみですけど」

そう答えると、「やっぱり」と呟いた。

「以前、ふたりを見かけた時に、あなたの家を知りたくてあとをつけたのよ」

「えっ、私のあとをつけたんですか⁉」

美女は、そんなことはたいしたことでもないというように、ふふっと笑っている。

「ところで、いきなりなんだけど。わたし、東助さんと結婚しようと思うの。父が彼の上官でね、ほら見てみて」

「まっ、まだ話は終わってませんっ」

以前、私をつけたってどういうこと？　東助と私を見かけたって……それって偶然？　まさか東助を私がホームから見送ったあとについてきて、このマンションを特定したの……？　次から次へと疑問が湧き上がるけれど、美女はお構いなしに話を続ける。

「大事な話はこっちよ」

美女はブランドバッグから最新機種のスマホを取り出すと、画面をついついと指で滑らせ一枚の写真を出した。

それをずいっと、私の顔の前で見せる。

「ね、本当の話なのよ。こっちが父で……ほら、私と東助さんが写ってる」

写真には、たしかに東助の上官にあたるらしい紳士と東助が海上自衛隊の制服を着用して立ち、美女が真ん中に写っている。

艦も後ろに見えているから、きっと艦艇一般公開といったお祭りの時のものだろう。

胃の奥から、なにかが込み上げるほど気持ちが悪くなってきた。

美女は私がなにも言わないのも気にしない様子で、話を続ける。

「父が東助さんに会わせてくれたの。東助さんてば、すごく優秀で優しいのね。だからあなたを放っておけないのよ……お父さまのことは残念だったわね」

どきりとした。正直、この美女のことを私は行きすぎた東助のファンだと思っていた。だけど、この美女は私の住まいや父のことも知っていた。

これは、ただのファンじゃないかもしれない。

「……結婚って、なんですか？　そんな話、私は東助から聞いてないんですが」

「上官の娘と結婚なんて、よくある話なんじゃない？　わたしの父も、東助さんをとても気に入ってるの」

ありえない話ではない。ありそうだけど、東助が……？

「私の父のことは、どうして……？」

「父から聞いたわ。東助さんも参列したって。すぐそばに東助さんのご実家があるんですもんね」

冷や汗が噴き出す。これは……本当の話なんだろうか。先ほど見せられた三人での写真が、ぐるぐると頭のなかを回る。

美女は「ねえ」と言って私の顔を覗き込んだ。

「東助さんは優しいから、わたしが代わりに言いにきてあげたのよ。忠告するわ、あなたはもうこれ以上、東助さんに近づかないで」

「……うっ」

「えっ？」

美女のまとう強めの香水がとどめになって、私は口元を押さえてしゃがみ込んでしまった。

こんなふうに、なにかの香りでここまで体調が変になったのははじめてで、疑問符が頭に浮かぶ。

私のただならぬ様子に慌てたのは、美女だ。

「え、ちょ、大丈夫？　具合悪いの？　どうしよう、救急車を呼ぶ!?」

私は思いきり首を横に振る。美女は私に合わせてしゃがみ込み、背中をさすってくれる。

「気持ち悪い？　待って、まだ開けてないミネラルウォーターがあるから」

美女はバッグを開き、新品のミネラルウォーターを私に差し出した。

この美女、いい人なのか嫌な人なのか判断に困る。しかしいつまでも、ここにいては目立ってしまう。

「あの、話はわかったので……とりあえず今日はお引き取りください。あと、お水ありがとうございます」

美女からミネラルウォーターを受け取る。

「部屋まで送りましょうか？」

部屋まで知られたくない私は、必死で「大丈夫です」と繰り返した。

納得してくれたのか、「また来るわ、お大事に」と再度の来訪の予告をして美女は去っていった。

美女が戻ってこないのを確認して、急いで部屋へ帰る。玄関を開けて飛び込んだ瞬間、また酷い吐き気に襲われてしゃがみ込んでしまった。

それからのろのろと立ち上がり洗面所まで行き、口をゆすいだ。

鏡に映る私の顔は真っ白で、不安の色がそのまま顔色に出ていた。

脱力しながら、リビングへなだれ込む。

東助の結婚相手と名乗る、謎の美女襲来。それをすぐ、父に報告する。

「あの人が東助の結婚する相手って……本当かどうか、どう確かめたらいい？」

リビングに置かれた小さな遺影の父に聞いてみても、ただ微笑むばかりで当たり前だが返事はない。

「東助にメッセージ送ってみる？　あんまり〝外〟での仕事中は送りたくないんだけど、緊急事態だよね。だってうちにまで、自称婚約者が来ちゃったんだから」

父は黙っている。その眼差しは「慌てるな」と言っているような気がする。

「……やっぱり、まだ様子を見てみる。ああー……美女だったよ、お肌とかつるつるだった。少しキツい印象だけど、私の心配してくれて……ええー……本当に結婚しちゃうのかな……」

でもそうだとしたら、東助なら私にそのことを隠さないはずだ。

だけど、いまは……。

「お父さん死んじゃってまだ日が浅いのに、自分は結婚するなんて……東助が私に言えるわけないいか」

しかも、一度肌を合わせてしまっている。そのことに関しても、なにも言われていない。

「待って、もし美女が本当に婚約者だとしたら、私は東助の浮気相手ってこと!? だから美女が私に釘《くぎ》を刺しにきたの!?」

いやいや……あり得る？　そうぐるぐる考えると、また胃のあたりが気持ち悪くなってきた。

ふぅっと大きなため息を吐く。予想もしていないところからの失恋確定演出に、見ている世界すべてがグニャグニャになりそうだ。

「東助に聞いてみる……しかないよね。どうしよう、もっと早く、ちゃんと東助に気持ちを伝えれば良かった……」

後悔ばかりが私の胸を満たして、涙になってぽろりと落ちた。

「不完全燃焼で失恋、しかもあの美女が婚約者だとしたら……うぅ、また吐きそう」

私は頭のなかで体調不良の原因を探りながら、頬を涙で濡らし冷たいフローリングにべたりと横になった。

父の仕事は脚本家だったけれど、こんな二番底まで用意された悲恋や悲劇のある作品は書かなかったと思う。

「東助ね、結婚したい人がいるんですって」

美女襲来のその夜。うちにおかずのお裾分けにきてくれたおばさん……東助のお母さんが、にこにこしながら追撃の爆弾を落とした。

いきなりの衝撃発言に、私はそのままフリーズしてしまった。

「帰ってきたら、あらためてきちんと報告するからって聞いてるわ。楽しみよねぇ、万里花ちゃん！」

おばさんは本当に嬉しそうに、それこそお花でも周囲に撒《ま》き散らす幻覚が見えるほどうきうきしている。

私には、美女の姿しか頭に浮かばなかった。あの美女の言っていたことの信憑《しんぴょう》性が、ぐんぐん爆上がりしていく。

「……あの、東助がそう言ったんですか？」

ちゃんと確認したくて聞くと、おばさんは「そう！」と答えてくれた。

「しばらく日本から離れるけど、帰ったらあらためて報告するからって。その間、万里花ちゃんの様子を見ていてほしいと頼まれたわ。頼まれなくたって、そうしたいっていつも思ってるのに」

娘と同じですもの、と、おばさんは言ってくれた。

おばさんから見たら、私は東助の妹のようなものだ。私もすごく頼りにしているし、おばさんのことが大好きだ。

東助は、自分が離れている間は〝妹〟の面倒を頼む。帰ってきたら、自身の結婚の報告をきちんとする……ということなのだろうか。

私は、おめでたいことなのに祝福の言葉ひとつ伝えられず、ただ自分とは遠い出来事のようにぼんやりと話を聞いていた。


桜が散り、新緑が爽やかな季節になっても、私の体調不良は回復の兆《きざ》しが見えない。父が亡くなり、東助の婚約者だと名乗る美女が襲来した。重なる心労が、如実に体調に出てきてしまっている。

このままではまいってしまうと、覚悟を決めて大型連休前に内科の病院に向かった。

そこで……妊娠しているかもしれないと判明した。生理が遅れていることを告げると、検査の希望を聞かれ、私はあり得ないと思いつつ念のためにお願いしたのだ。

「妊娠している可能性があります」

「……えっ」

結果を何度も聞き直し、あらためてその足で産婦人科のある病院に向かう。

心臓は緊張と高揚で激しく脈打ち、気持ちの悪さもつわりかもしれないと思うと腑《ふ》に落ちた。

妊娠……赤ちゃんの父親は東助だ。

産婦人科での手続きでは、手が震えてしまっていた。

名前を呼ばれ、先ほどの病院でのやりとりを先生に伝える。

黒髪をひとつにまとめてナチュラルなメイクをした、六十代くらいの優しげな雰囲気の女性の先生が話を聞いてくれた。

そして、それならば「早速、診てみましょうね」と言って診察台にのるように促す。

下着を脱ぎ足を開く格好になるのは恥ずかしかったけれど、先生も看護師さんも女性だったので安心して挑めた。

「緊張しないで、力抜いててね」

子宮内を映す機械、その白黒のモニター画面に、はっきりとふたつの黒いなにかが現れた。

「ああ～、これは双子ちゃんだぁ。この黒いなかに、ピクピク動いてるの見える？」

のんびりとした年配の先生の声。私はその画面を食い入るように見る。

「……動いてます」

「ピクピクしているこれね、赤ちゃんの心拍なの。どっちの子も元気ね。いまは六週目くらいかな」

茫然《ぼうぜん》とその動く豆粒をじっくり眺めたあと、はっとした。

「あ、あの、双子って、赤ちゃんがふたりってことですか⁉」

赤ちゃんがお腹にいる。その事実よりも、赤ちゃんが双子だということに衝撃を受けた。

「うん、間違いなく双子ちゃんだね。この黒いのが羊水、ふたつに分かれてるでしょ？　この子たちは二卵性の双子ちゃん」

私は、モニター画面から目が離せなくなっていた。

東助との赤ちゃん、しかも双子を授かった。

お腹のなかに、命がふたつ。

ピクピクと、一生懸命に育とうとしている。

……もしも私が産まない選択をしたら、この子たちは消えちゃうんだ……。

じわじわと目頭が熱くなり、視界が歪《ゆが》んでいく。

不安に足をすくわれそうになるけれど、その先に思いもよらなかった自分の生き方が見えてきた。

これは驚いた。と同時に、生きる気力みたいなものがぐんぐんと湧き上がる。

何者でもなかった私に、大切な役割が与えられた気になれた。

「……すごい……生きてるんですね」

「そうね、生きてるわね」

初診のために記入した書類で、私が未婚なことを知っているからか「おめでとう」とも「どうする？」とも言わないでくれている。

「ふふ、双子ちゃんの名前……しっかり考えなくちゃですね」

涙声になってしまったが、私は浮かんだ素直な気持ちを言葉にした。

これから、未知の世界へ飛び込む。そわそわした、とても嬉しい気持ちだ。

赤ちゃんができて、嬉しい。私は、ふふっと笑いながら泣いていた。

先生はどことなくほっとしたような表情を浮かべて、「おめでとうございます。予定日は十二月の六日頃ね」と言ってくれた。

父親が東助だからといって、本人に伝える気はなかった。

あの美女と結婚するかもしれないタイミングで、赤ちゃんができたなんて言えやしない。

東助が帰ってくるのは、夏のはじめ。私はそれまでに、住み慣れたこの土地から離れてシングルマザーになる決意を固めた。

失意の二番底のさらに下には、希望がひっそりと芽生えていた。

父なら、「夢があって僕は好きな話だ」なんて笑って喜んでくれるだろう。

二章

【万里花ちゃんが、引っ越していきました。突然のことで、わたしもお父さんも戸惑っています。万里花ちゃんと結婚するんじゃなかったのですか？】

日本から離れたハワイ沖、約六千四百キロの海上で母親からこのメッセージを受け取った時。

俺は頭が真っ白になり、無理なことは百も承知で日本へすぐに帰るべく艦から海に即座に飛び込みたくなった。


栗澤万里花……万里花とはじめて出会ったのは、地元の子ども劇団の稽古場だった。そこは全国でも有名で、ここから舞台俳優になり有名になっていった人たちもいる。劇団のOBやOGが手伝いにきてくれたり、活躍中の舞台俳優が指導してくれたりなど、なかなか環境も整っているいいところだった。

母親は幼稚園でやんちゃがすぎる俺に、集団行動と協力することの大切さを学ばせるため、そこに入団させた。

最初は芝居をするということが気恥ずかしかったけれど、演じることを大人たちに褒められるのは素直に嬉しかった。

褒められたいから芝居をする。それが次第に、自分ではない誰かになりきる時間が楽しいと思うようになってきた。

ある日、新しい演目に有名な脚本家の先生に書き下ろしをお願いすることになった。普段は大人ばかりの劇団の脚本を書いている有名な人が、最近こっちに引っ越してきたという。

ツテをたどり子ども劇団にも脚本の依頼をしたところ、ふたつ返事でOKが出たそうだ。大人たちの高揚する姿を見て、とんでもない人が次の舞台の話を書くのだと肌で感じていた。

稽古場に来たひょろっと背の高い脚本家の先生は、女の子をひとり連れていた。

俺よりずっと小さくて、先生の長い足に必死にしがみついていた。

大きな瞳が潤んでいて、いまにも涙がこぼれそうだ。

その姿が赤ん坊みたいで、正直にそう言ったらものすごい声量で女の子に叱られた。

それだけだったら、特になにも思わなかった。

小学校のクラスメイトの女子のほうが、もっと声が大きいし何度も怒鳴ってくる子もいる。

俺がその女の子——万里花に惹きつけられたのは、もっと違う理由だった。万里花の髪は、いつもふたつに結われていた。しかしそれは、いかにも不器用な人が結ったようなできあがりだった。

稽古に来る劇団の女の子たちは、みんなぴしりと綺麗に髪を結っている。髪を下ろしてきたとしても、稽古の前に付き添いの母親にまとめてもらっている姿をよく見かけていた。

さらさらとした長い髪をブラシで整え、くるくると髪ゴムできっちり結わえていく。その手際のいい動作を見るのは、嫌いじゃなかった。だけど……。

小さな万里花の髪はいつも、ブラシを通さずにそのままふたつに結んだような仕上がりだった。

色素の薄い細い髪が、上下が少しずれた位置でふたつに結われている。ほつれた髪がふわふわと、万里花が先生の足に必死にしがみつくたびに揺れる。

子供ながらに俺は「万里花には、器用に髪を束ねて身支度に気を配る存在がいないのだ」ということに気がついた。

先生が、万里花の髪を結ってあげたのだろうというのは、一目瞭然だった。

誰かの気のきく母親が、「結い直そうか？」と声をかけてもおかしくないくらい、束ねた髪はいつもゆるゆるとしていて、不安定だった。

俺はその小さな万里花の、なんとも言葉には例えられない姿に庇護欲《ひごよく》をひどくかき立てられた。

同情心に似ているけれど、可哀想なんて言葉のもっと先に心は走っていっている。

誰か、よりも俺が、という気持ちが熱くなる。

ひとりっ子の俺は、小さな子供の面倒なんて見たことがない。女の子の髪なんて、結ったことも触ったこともない。

だけどこの子のためなら、それもできると思った。

人見知りだった万里花はいつしか笑顔の可愛い女の子になって、俺の母親にも頼ってくれるようになっていった。

成長とともに万里花を気に留める男の視線に、俺は敏感になり威嚇《いかく》に忙しくなった。

その大事な万里花を、抱いた。

そうしないと、万里花がどこかに行ってしまいそうだったからだ。

けれど、決して情けや同情心で抱いたわけではない。俺は万里花の白く柔らかな肌に強烈に欲情したし、ちゃんとひとりの女性として意識していた。

すがるように俺の背中に回された細い腕に、内心とてつもない喜びを感じ、もっと強くすがって俺にだけ頼ってほしいとさえ願った。

女性の肌に深く触れるのははじめてだったが、はじめてが万里花で良かったと思っている。

俺の腕のなかで眠る万里花を見て、いままで〝妹〟に向けていると思っていた気持ちが、まったく違っていたことに気づいた。

出会った頃は、大切イコール妹だと本当にそう思っていた。

だけど今回、万里花を抱いたことで、いままで何重にも自分に無意識に重ねてきた、兄の仮面は飛んでいってしまった。

残されたのは鈍感だった、ただの男だ。

万里花には一度、子供の頃に告白をされたことがあった。しかしあの時は、どんなに可愛くても妹を嫁にしたらいけないと思い、聞こえないふりをした。いま思えばそれは実にバカな考えで、当時の自分に「勇気を出した万里花に、首を百万回縦に振ってやれ」と言ってやりたい。

勇気を出した子供時代の万里花に対して、俺はただ頷けば良かったのだ。スルーしたあと、万里花は二度とそう言ってはこなくなってしまった。

本当は嬉しかったのに。

俺はバカな、格好つけの子供だった。

そしてはじめて万里花を抱いた翌朝、「なぜ俺は自分の気持ちをずっと勘違いしていたのか」と大いに悔やんだ。

万里花を一番に大事にしたいと思っていたあの気持ちは妹に向ける親愛ではなく、ひとりの女性に対する深い恋慕だった。

妹のように想っていたから、兄の役目として悪い虫がつかないようにと守っていたわけではない。万里花に男が近づくのがとてつもなく嫌で、牽制《けんせい》していたのだ。

それはまぎれもない、強い独占欲だった。

こんな鈍感男の気持ちをどう伝えたら万里花に受け入れてもらえるか、ぐずぐず考えているうちに出港を迎えてしまった。

俺はここぞという場面で、意気地なしだった。後悔しかない。

父を亡くしまだ傷心の最中にある万里花を両親に頼み、帰ったら結婚するつもりだとふたりに伝えた。

絶対に気持ちを受け入れてもらう。土下座してでも、万里花の夫にしてもらうんだ。

——それなのに、万里花が引っ越していったという。

機密が多い仕事柄、艦ではいつでも連絡が取れるわけではない。登録制のＷｉ―Ｆｉが使える部屋があり、海上ではそこでだけメールの送受信を行える。

しかし、それは一度サーバーに溜《た》めてから決められた時間に送るシステムになっていて、リアルタイムでやりとりできるわけではない。

どこかの港や陸側に寄れば電波も拾えるが、艦はほとんど陸から離れた海の上だ。

母親からの衝撃のメールの翌日、今度は万里花本人からメールが届いた。

【お疲れ様です。東助が結婚すると、お相手から聞きました。その方がうちに来たのにはびっくりしたけれど、体調不良の私を気遣ってくれました。これからふたりで幸せになってね。いままで本当にありがとうございました】

——お相手？　万里花に会いにきたって、いったい誰がだ？

いままで付き合った女性はいないし、ましてや婚約者なんて存在しない。第一、俺は帰港したら万里花に好きだと伝え、結婚してほしいと言うつもりだった。

そのあといくら万里花にメールを送っても、すべて宛て先不明で返ってきてしまった。

補給のため港に寄った際に電波を拾い、電話をかけてみると『おかけになった電話番号は現在、使われておりません』と機械音声が繰り返された。

いったい、俺のいない間になにが起きたんだ。

仕事を投げ出して帰国できない自分に対する苛立ちや不安を、表には出さないように奥歯を噛み締めて耐えた。


ハワイ沖での他国との共同訓練を終え帰港した頃には、日本はもう初夏の日差しに変わっていた。

すぐに、実家の母親に電話をする。

母親の話によると、万里花は生みの母親と一緒に遠くで暮らすことになったと、菓子折りを持って挨拶にきたのだという。

「いや、おかしいよ。万里花は母親とは一切、連絡を取っていない。どこにいるのかもわからないって。だから先生の葬式にも、母親を呼べなかった」

『そうなのよね、わたしもそう聞いてた。だから、あれ？って思ったんだけど……とにかく行かなくちゃいけないんですって言うの。最後はぽろぽろ泣きだして、お母さんも一緒に泣いちゃった』

話を聞けば聞くほど、不可解なことが多い。

母親に、引っ越し先の住所を聞かなかったのかと尋ねたけれど、万里花は『それはあとから東助に伝えます』と言ったという。現時点で、そんな連絡を俺は貰っていない。

だから週末の休みを待たず、定時で仕事を終えた俺は実際に万里花が住んでいたマンションへ向かうために横須賀を飛び出した。

電車を乗り換え四十分ほどで、地元の最寄り駅に着く。

帰宅ラッシュの電車内は、冷房がついてはいたがもわっとした夏特有のぬるい空気が漂っていた。

流れる景色は、夕方と夜の狭間を映していく。

万里花から、先生の体調が心配だと聞いた日。底冷えがするホームで、万里花は電車に乗り込んだ俺に向かってニッと笑ってみせた。

子供みたいに笑う顔が可愛くて、あの瞬間俺は電車を降りたくてたまらなかった。

……万里花、なにがあったんだ？

ぎゅっと目をつむり、叫びだしたい気持ちを堪えた。

地元の駅に着き、足早にマンションへ向かう。門限があるので時間を一秒でも無駄にできない。

自衛官は独身なら営内の隊舎暮らしだが、幹部は独身でも営外で部屋を借りることが許されている。

防衛大学校を出て幹部になった俺にもその資格があるが、自炊が面倒で隊舎で暮らしている。

そういう幹部や隊員は他にもゴロゴロいるので、気にしてはいなかった。

海上自衛官は陸から離れていることが多く、特に潜水艦乗りなどは半年間一切家族や恋人、友人などと連絡が取れないなんてことはざらだ。

潜っていることが基本の潜水艦に比べて、俺の乗り込む護衛艦のほうが多少は連絡を取りやすいが、それでも大切な人を不安にさせてしまうことのほうが多いだろう。

出会いも少なければ、会う時間も限られている。機密が多すぎて気軽には連絡を取れないので、海上自衛官の婚期は遅いほうだという。

いまさらだが、こんなことになるなら、せめて門限や点呼のない自分の部屋を借りるべきだった。

そんなことを考えているうちに、子供の頃から見慣れた風景が夜のなかに見えてきた。

「……着いた」

万里花が暮らしていたマンションはオートロックなので、建物のなかに入ることはできない。だから外観からしか判断できなかったが、ベランダには明かりが見えた。もしかして、万里花はまだ引っ越していないのでは？　そんな淡い期待をもってやってきたのだが……どこか違和感がある。ベランダにちらりと見えるプランターや窓に引かれたカーテンの色。万里花が住んでいた時とは、違うように思えた。もしかしたらすでに部屋は売却され、新たな住人が入居しているのかもしれない。

名残惜しかったが、その足ですぐに実家へ向かった。

うちへ顔を出すと母親は夕食の支度中だったが、突然帰ってきた俺に料理を中断して万里花について問い詰めはじめた。

「東助、あんた万里花ちゃんになにかしたの!?」

「してない、俺が万里花が嫌がることをするわけがない」

それだけは自信があった。この世の人間のなかで、先生の次に俺が万里花を大事に思っている自負がある。

だけど、もしかしたら。あの夜のことを万里花がひどく後悔していたら……。

そう考えだしたら、自信がなくなってきてしまった。

「じゃあ、なんでいなくなっちゃったのよ！　スマホも全然繋がらないの、解約されてるみたいなのよ」

母親の顔は、万里花を本気で心配している。それが痛いほど伝わってきて、ますます万里花を捜さなければと強く思った。

「万里花のマンション、あれっていまは別の人が暮らしてるの？　あっちを先に見にいったら、明かりはついてるけど変な感じがした」

「そうなの。万里花ちゃんが挨拶にきたあと、リフォーム業者が入ったの。そうしたらすぐに別のご家族が越してきたのよ。万里花ちゃんとは無関係の人みたい」

失礼を承知で、母親は新たな住人を訪ねたのだという。しかし住人は万里花を知らなかった。

「あとは聞けるなら万里花の勤めてた会社か……そうだ。ここに、例えば俺と付き合ってるとか言って、やってきた女性はいなかった？」

母親は、持っていた菜箸を握り締めながら俺を鋭い目つきで睨む。

「まさか、二股かけてたの!?」

「かけるわけない！　ただ、万里花が最後に送ってきたメールに、俺の婚約者だって名乗る女性がマンションに訪ねてきたってあったんだ」

母親は、それはもう大きなため息を吐いて脱力した。

「……わたしの息子の顔が、あまりにもいいばっかりに。お母さんもお父さんも平凡な顔つきなのにどうして……芸能人顔負けの顔面のせいで変な女が……わたしの万里花ちゃんがぁ」

「それって、自虐自慢に聞こえるからやめな」

ここまで溺愛《できあい》するほど、母親は万里花に本当の娘みたいに接していた。俺が万里花と結婚したいと打ち明けた時など、父を巻き込んで万歳三唱をしたくらいだ。

いまならわかる。あの時、両親ではなくまずは万里花に気持ちを伝えるべきだったのだ。電話でもメッセージアプリでも、なんだって良かったのに。

あれこれ悩み、帰還して直接会って伝えたいと……そんなことを思ったばっかりに。

「俺は必ず万里花に会って、その婚約者なんたらの誤解をとく。それから、どうして消えるみたいにいなくなったのかを聞く。俺が原因だったら、ひたすら誠心誠意を込めて謝る」

「そうよ！　謝らなきゃだめよ！　土下座くらいは覚悟しておかないと」

菜箸をマイクのようにして、「そうしてどうする！」と勢い良く聞いてくる。

「そして、好きだって気持ちをちゃんと伝える！」

「えっ、嘘でしょ……あんた、万里花ちゃんに言ってなかったの!?　本人に言わないで、先にわたしたちに結婚するなんて宣言してたの？　……そういうとこ、お父さんそっくりだわ」

まだ帰宅していない父親に被弾してしまい、申し訳なさでいっぱいになった。

母親にはなにかあったら連絡がすぐ欲しいと伝え、隊舎への帰路につく。

途中もう一度、万里花が暮らしていたマンションに寄った。

見上げた部屋には、すでに知らない家族が暮らしている。

ここにはもう万里花がいないなんて信じられなくて、鼻の奥がつんと痛くなった。


全長百六十メートル、十万馬力、乗員は約三百名の護衛艦。ここが、海に浮かぶ巨大な俺の職場だ。

まず、上甲板には主砲である単装速射砲が一門、搭載されている。

鋼鉄の砲身は光沢を放ち、その存在感はまさに圧倒的だ。

巨大な砲弾を一瞬で発射するために、砲身には高度な技術が施されている。その先端部分には特殊な機構が組み込まれており、瞬時に砲弾を加速して発射することが可能だ。

しかしこの砲は単装式なので、一度に一発しか発射できない。その代わりに高速での連射が可能だ。熟練した砲手の手にかかれば、短時間で複数の砲弾を発射することができる。

水上艦装備の魚雷発射管、それに艦へ向けて発射する艦対艦ミサイルなども搭載している。

弾道ミサイルや潜水艦に対しても、高い対処能力をもつ大型護衛艦だ。

これが日本を海から護る、防衛の第一線におかれた鉄の盾になっている。

そして嫌なことがあっても逃げだせない海の上では、チームワークや信頼感が重視される。

他の艦でも同様、もちろんこの護衛艦でもそうだ。

俺はこの護衛艦で副長および砲雷長の任についている。砲雷長とは、艦艇に搭載されているミサイルや魚雷などの運用を担当し、隊員すべてを統括する役職だ。

規律が厳しい職場だが、それだけではない。

なにかあったら話せる、相談できる仲間にも恵まれている。

特に幹部学校時代からの付き合いである、三等海佐砲術長の川瀬《かわせ》。俺と同じくらい大柄で、筋トレをするのと犬の動画を集めるのが趣味。

それに、毎日美味い飯を作ってくれて、以前カレーのレシピを教えてくれた仲本《なかもと》だ。

仲本は食べ歩きが好きで、どこかへ行っては美味かった飯の話をしてくれる。

全員が同い年で隊舎も同じなので、たまに一緒に飲みにもいっている。

急にいなくなってしまった万里花のことも、このふたりには相談した。三人寄れば文殊《もんじゅ》の知恵というが、なかなか捜索の糸口が掴めない。

『鈍感』『呑気《のんき》』『なにやらかしたんだ』など、ふたりからは容赦なく責められた。

それでも、恨み言のような自責の念や悔しさを聞いてもらえるのは、なによりもありがたかった。


季節は本格的な夏になった。今年は例年に比べて高温になると、三ヶ月予報で言っている。

子ども劇団の同期で、先生の葬儀の時にあらためて連絡先を交換した奴らに聞いてみても情報はなし。

万里花の勤め先にも連絡したが、個人情報保護のためと教えてはもらえなかった。

ただ、あちらも万里花の急な退職には驚いたというニュアンスは話し方から伝わってきた。

俺の実家のほうからも、万里花に関しての新たな知らせは入ってこない。

うだるような暑さのなか、甲板から真っ青な空を見上げても晴れやかな気持ちにはなれない。

仕事中は気持ちを切り替えて集中しているが、その行為自体が万里花を本当は心配していないんじゃないか？と思ってしまう。

心配なら、真剣に捜したいのなら、退官して時間を作ればいいのに。どうしてそうしないんだと、自分に責められる夢を見る。

このまま見つからなかったら。転属がかかり、横須賀から離れることになったら。考えれば考えるほど、万里花を引き留めておけなかった自分の不甲斐なさに吐き気がした。

プライベートですっかりまいっていた俺に、川瀬と仲本は「飲みにいかないか」と声をかけてくれた。

しかも仲本は「隊舎では話せない、ちょっと気になることを聞いた」と言う。

仲本は定時、俺と川瀬は少しの残業になった。急いで着替え、隊舎近くにあるいつも飲みにいくのとは違った店へと向かう。

隊舎の近くで酒の飲める場所は、俺たちと同じように飲みにきた隊員と会う確率が高くなる。

門限があるからそう遠くまでは行けないので、行動範囲がほぼ丸かぶりしてしまうのだ。

普段なら気にしない。けれど、今夜は人にはあまり聞かれたらいけない話があるという。

仲本が連れてきてくれたのは、個人が経営している中華飯店だった。油の染みたメニュー表に、赤いテーブル。食材が高火力で鉄鍋のなかで炒《いた》められる、食欲をそそる音。店内はなかなかの賑わいだ。

タイミングが良かったのか、見知った隊員はいない。

「ここ、客層が長っ尻じゃないから回転早いんだ。料理も大盛りだから、酒中心に飲みたい奴は他に行く」

仲本の言うとおり、客はみな黙々と目の前の大盛り料理に集中している。酒を飲んでいる人もいるが、嗜《たしな》む程度で酔ってはいなそうだ。

白い三角巾を頭につけた年配の女性が、俺たちを見て「いらっしゃい！」と声をかけてくれた。

「あら、仲本くんじゃない！　お友達と来てくれたの？」

「はい。ここの飯が美味いんで、連れてきました」

女性は仲本の後ろにいた俺と川瀬に、ニコッと笑いかける。

「ありがとう～！　こっちいっぱいだから、奥の座敷にする？」

「ありがとうございます」

仲本は、俺たちを振り返ってにやっと笑った。

女性に案内されほぼ満席の店内を抜け、厨房《ちゅうぼう》の手前、いかにも生活空間のようなスペースへ進んでいく。

靴を脱いで上がると、六畳ほどの畳の部屋に案内された。中央には長テーブル、何枚か積まれた座布団、部屋の端には小さな冷蔵庫とテレビが設置してある。

「お水は冷蔵庫に、頼むものが決まったら注文票に書いて持ってきてね」

そう言うと、女性は戻っていった。テーブルを見ると、なるほど、まだ書き込まれていない注文票とペンがメニュー表と置いてある。

「ここ、いいでしょう？　多分この時間、しかも大男を連れてきたら、この部屋に通されると思ったんだよね」

仲本はそう言いながら座布団をさっと敷いていき、冷蔵庫の上に並べられたコップを三つ取り冷蔵庫からポットを出して水を注いだ。

「すごい、誰かの実家みたいだ」

「でしょう？　ここ、無理やり客を通す座敷にしたって感じだよね。個室みたいでいいでしょ」

　そう言って仲本は、注文票に瓶ビールや餃子《ぎょうざ》、ニラレバと書いて女性に渡しにいった。戻ってきた仲本は、「さてと」と口を開く。

「……おととい、隊内の飲み会に行ってきたんだ。女子隊舎の子たちも誘って」

　いまや女性自衛官も珍しい存在ではなくなった。うちの艦でも、乗員の一割は女性が活躍している。

　隊内での恋愛は禁止されてはいない。貴重な職場恋愛なのだから、羽目を外さない常識の範囲内で許されている。

「なに、誰かといい感じになったとか？」

　川瀬が面白げに、身を乗り出した。

「違うちがう、みんな友達。それに女の子たち、オレには美味い飯屋の話しか聞いてこないもん」

　おおげさに肩を落とすふりをする仲本に、川瀬は笑った。

「そんなことより。そこでさ、ちょっとあれ？って話を聞いたんだよね。久留見さんが捜してる、幼なじみちゃんに関することかもって……」

どきりと心臓が跳ねて、全身の毛がざわざわと逆立つ感覚がする。

「それ、どんな話だったんだ!?」

声が大きくなってしまったところに、先に瓶ビールが届いた。川瀬が「落ち着け」と言って、俺と仲本のコップにビールをついでくれた。

「……ごめん、本当になんの手がかりもなくて焦ってる」

「いや、そうなるって。謝んなくていいから、な？　仲本」

「そうだよ。いいから。じゃあ、話をするね。まず、うちの艦長の娘が結婚するって話、知ってる？」

俺と川瀬は、お互いに目を合わせて首を横に振った。うちの艦の石田《いしだ》艦長からはそんな話、ちっとも聞いたことがない。

そもそも、プライベートな話は部下にはあまりしないほうの人だ。

「その相手っていうのが、潜水艦のサブマリナーなんだっていうんだ。いいよね、潜水艦乗りは手当があるから高給取りだし。あんまり帰ってもこられないから、亭主元気で留守がいいってやつだ」

「それが、万里花のこととどう繋がっていくんだ？」

石田艦長の娘が、潜水艦乗りと結婚する。めでたい話だ。

「そのサブマリナーって、海曹長なんだ」

「んん？　……あれ、海曹長って隊内に彼女がいて、結婚するからって彼女のほうが自衛官を辞めたって話をどこかで……たしか婚約までしてたんだよな」

川瀬がそう言って首をひねる。俺もうっすらそんな話を誰かの雑談で聞いたことがあった。

「石田艦長の娘、海曹長を寝取ったんだと。相当な美人らしく、海曹長はあっさりと彼女を捨てたって話だ。女の子たち、信じられないって怒ってさ。それでＳＮＳなんかを探っていろいろ調べたんだと……そしたら、あちこちで幹部に粉かけてたらしいことがわかってさ」

あちこちで、粉をかけて……その言葉で、ある出来事を思い出した。

「……俺、会ったことがある。艦長に呼ばれて祭りの時に三人で写真を撮った……」

まったく興味がなかったので顔も覚えていないが、派手だった印象だけはいま思い出した。

「実際、久留見さんのことも狙ってたらしい。久留見さん、幼なじみちゃんのことよく隊内でも話してたでしょう？　遊びにいったとか、どこそこに飲みにいったとか」

「話した、めちゃくちゃした。万里花と会うと楽しくて」

「周りはみんな、久留見さんと幼なじみちゃんは付き合ってると思ってた。石田艦長の娘、どうやらそれを誰かから聞いてて、幼なじみちゃんに会いにいったらしい……SNSの投稿に、それを匂わす内容があった」

頭のてっぺんに、雷でも落ちたような衝撃だった。

万里花が残していったメールにあった、俺の婚約者だと嘘をついた謎の女性は……艦長の娘の可能性がある……？

「繋がってきた……万里花のところに、俺の婚約者だって女性が訪ねてきたってメールがあって……」

川瀬が、ぐいっとコップのビールをあおる。

「つまり、石田艦長の娘は幼なじみちゃんに〝自分は久留見の婚約者〟だって嘘をついたのか。でも、最終的に選んだのは役職が久留見より上の海曹長だったわけだ」

艦長の娘は散々引っかき回し、最終的にはそのなかで一番役職の高い男を選んだと。

「SNSの裏アカで、目をつけた男にランキングをつけながら、悪びれもしないで自分の最悪な行いを楽しそうに発信してるらしいよ。それを見つけた子がみんなに共有して、石田艦長の娘だって特定したんだって」

仲本は、そのアカウントと思われるURLを俺と川瀬に送ってくれた。川瀬は過去投稿を確認するためか、黙々とスマホの画面をスクロールしている。

海曹長と長く付き合っていた女性は、女子たちにかなり信頼されていたのだろう。その女性が、結婚間近で捨てられた。しかもその浮気相手と海曹長が結婚すると聞き、怒りが爆発したのだと安易に予想ができる。

俺だっていま、怒りに打ち震えている。

「こんな……っ、万里花がいなくなった原因のひとつが、もしかしたらこいつにあるかもしれないと考えると……どうしようもなく悔しい」

はぁっと息を吐いて、両手で顔を覆った。腹の底が煮えくり返る。許されるなら、艦長の娘をいますぐ責め立ててやりたい。

しかし、自衛隊は強烈な縦社会だ。原因がどうあれ、艦長や海曹長に間接的にでも楯突《たてつ》くというのは問題がある。

座敷に沈黙が落ちる。

「……でも、この件はこのまま丸くおさまる感じがしない。これは砲術長の勘だ」

川瀬が、そう力強く言いきった。

砲術長とは、俺ら砲雷科が万全に管理管制したミサイルなどの発射の権限をもつ役職だ。

観察力と判断力を半端なく要する、神経をとんでもなく使う立場である。

普段は犬の動画を眺めてにこにこしている川瀬が、そう言うのだ。

俺と仲本は、これはなにか起きるかもしれないと息を呑んだ。


川瀬の勘が当たったのは、それからすぐのことだ。

夜になり、隊舎のなかも日中の緊張感がとけてリラックスしている頃。

スマホに仲本からメッセージが飛び込んできた。

【店で、海曹長と隊員が女のことで揉《も》めてる。すぐ来て】

風呂上がりの川瀬を捕まえ、急いで仲本が教えてくれた店へ向かう。

そこは、紫色の看板が灯る昔ながらのこぢんまりとしたスナックだった。

店内へ入ると、カウンター席とボックス席がふたつ。吊《つ》るされた小さなシャンデリア、棚にはキープボトルが並び、真紅のベルベット張りの椅子が妖艶な雰囲気を醸し出す。

ところどころに色褪《いろあ》せた造花のブーケが飾られ、年季を感じさせている。

いかにも、いにしえの良きスナックの姿だ。

——ただ、ひどい怒鳴り合いの声がなければ、だ。

入店した俺たちに、母親ほどの年齢の綺麗な女性が「ごめんね、隊舎から来てくれた人？」と困った顔で聞いてきた。

「はい。揉めてると聞いて、おさめにきました」

川瀬がはっきりと答える。

「良かった。警察呼ぶわけにいかないでしょう？　麻生《あそう》さんは、偉い方だって聞いてるし……」

海曹長の名前だ。どうやらここは、麻生海曹長の行きつけの店らしい。

奥のボックス席では、座ってはいるが怒鳴り合う麻生海曹長と男性。そばでは、なだめるように「まあまあ……」なんて言いながら仲本が落ち着かせようとしていた。

他に客の姿はない。

「仲本さんが、ご飯を食べにきてくれていて良かったわ」

スナックで飯?と一瞬思ったが、意外とそういう店も多いと聞いている。料理上手なママさんなら、酒の締めに美味いものを出してくれそうだ。

「どうしたんですか」

ボックス席に近寄った俺は海曹長に静かに声をかけ、聞かれる前に自己紹介をした。

ぎょっとした顔で麻生海曹長が俺たちを見上げた。揉めているところに若手幹部ふたりがやってきて、相当驚いているように見えた。

途切れず麻生海曹長に食ってかかっている男は、広島の江田島《えたじま》にある幹部学校にいた時、在籍生のなかに見たことのある顔だった。

たしか、渡辺《わたなべ》といったか。俺の乗っているのとは違う艦の奴だ。

「助かったよ～、なんだか女性のことでいろいろあるみたいでさ！」

仲本がわざとらしく、『女性のこと』と強調して言ってきた。味方を得たいのか、渡辺が勝手に、俺たちに経緯を話しだした。

「僕の彼女を、麻生海曹長が横取りしたんですよ！　きっとなにか、彼女の弱みでも握ってるに違いないんです！　じゃなきゃ、こんな歳上と一緒になるわけがないじゃないですか！」

興奮した渡辺は、目を見開き唾を飛ばしながら失礼なことをはっきり早口で言いきった。

『こんな歳上』と言われた麻生海曹長は四十代後半だ。一瞬ムッとした顔をしている。しかし大ごとにはしたくないようで、この発言に関して怒鳴り返しはしなかった。

渡辺は一方的に麻生海曹長を責め立てる。

「そもそも、海曹長には婚約者殿がいらっしゃいましたよね!?　その方はどうしたんですか!?」

渡辺は、海曹長の痛いところを容赦なく抉《えぐ》る。その表情はなにかに取り憑かれた

……いや、もう自衛官を辞めることを決めた顔なのかもしれない。

ぞくりとするほど、常軌を逸している。

……可哀想に。俺は渡辺に対して、深く同情する。

川瀬は海曹長の隣に座り、渡辺に向かった。

「上官に対して、その態度は良くない。まずは失礼な発言を謝れ」

渡辺は「はぁ?」と言って川瀬を睨む。海曹長は川瀬の言葉にのって「そうだ、謝れ」と渡辺に言った。

渡辺はそれを無視する。俺は渡辺の隣に座っていた仲本をそのままに、間に挟んで席に腰かけた。

「……まずは、話を整理してみよう。貴方だって、こんなふうに人に向かって怒鳴りたくはないはずだ。怒鳴ることで、自身が傷ついているように見える」

ゆっくりと、渡辺に向かって話をする。海上自衛官の素質がある以上、しかも潜水艦乗りとあればかなりのストレス耐性はあるはずだ。

半年以上、広いとは言えない潜水艦で海底に潜り活動をするのだ。外の空気を吸う

なんて簡単にはできないし、連絡だって護衛艦よりも取りづらくなる。

それを、こんなになるまで。度を超えたストレスは、相当つらいに決まっている。

「……だって……うん……嫌だよ、うぁぁ」

渡辺の目からはじわじわと涙が湧きだした。

「麻生海曹長、渡辺に話をさせてやってはくれませんか？　話をすれば、心の整理がついて落ち着くかもしれません。謝罪はそれから聞いてやってくださいませんか」

俺がそう言っている間、仲本は渡辺の背中をさする。麻生海曹長が渋々ながら頷くと、渡辺は泣きながら彼女とのなれそめを、ここぞとばかりに語りだした。

行きつけの飲み屋で出会い、彼女からアピールしてきたこと。海上自衛官と付き合うのは大変だと諭しても、『貴方を待っていたい』と言ってくれたこと。

美人で明るく、地味な自分にはとても眩しい存在になったと語る。

極めつきは、実は父が海上自衛官幹部で、貴方に期待している。早く結婚して父を安心させたいと言われたというのだ。

渡辺はそれを信じて、彼女にプロポーズをする覚悟ができた。

ところがだ。胸を高鳴らせ数ヶ月ぶりに帰港してみたら、彼女は上官と結婚すると人づてに聞いてしまった。

そこまで話すと、渡辺はとうとうテーブルに突っ伏し泣き崩れた。

海曹長は黙っていたが、俺は静かに声を上げた。

「……そんなのはきっと誤解だ。麻生海曹長と婚約されるような女性が、そんな二股をかける真似をするはずがないだろう？　なにか行き違いがあるんだ」

渡辺は味方をしているはずの俺の発言に、「えっ」と驚いている。

川瀬は俺の発言にピンときたのか、ぐっと身を乗り出して意見をしてきた。

「そうだよな、久留見。二股なんて……そんな人の心を弄《もてあそ》ぶ真似、まともな人間はできないよ。しかし、事態はおかしなことになっている」

婚約者を捨て、艦長の娘に乗り換えた海曹長は気まずそうに煙草に火をつけはじめた。

ちらりと、川瀬と仲本を見てアイコンタクトを交わす。

「なら、なにか三人の間にすれ違いや誤解があるんだ。このままではいけない……なにか、例えば……！」

仲本が大きく声を上げ、川瀬と仲本とでママにチラチラと視線を送る。

近くで俺たちの様子を見守っていたママが、察してくれたのか鶴のひと声を上げた。

「なら、彼女をここに呼んじゃいなさいよ。お店は特別に貸し切りにしてあげるから。

それがいいわよ、ちゃんと話し合いなさいな」

追撃とばかりに、俺は麻生海曹長へ提案する。

「自分もそれがいいと思います。きちんと渡辺の誤解をといてやってください。渡辺はきっと……」

自衛官をやめるつもりだと、匂わせている。

「渡辺、ちゃんと彼女に会って聞いてみたほうがいい。後悔だけは残すな」

川瀬がそう言うと、渡辺は体を揺らすほど泣きながら大きく頷いた。

みなが海曹長を見る。いますぐ彼女を呼び出せという圧に耐えきれず、とうとうスマホを取り出した。

海曹長としては、彼女と渡辺との誤解がとければ丸くおさまると思ったのだろう。

「海曹長。美味い酒と飯が食えると婚約者さんにお伝えください。ママの料理は最高であります」

「そうだな。よくわかってるじゃないか、さすが我々を胃袋から支える給養員だ」

自分にはもう関係ないとばかりに、機嫌を直した海曹長は女性に電話をして呼び出しに成功した。

ちょうど近くで家族と食事をしていたと言って、女性はやってきた。なんと、父親である石田艦長と一緒にだ。

にこにことして歳下の婚約者を迎えた海曹長、真っ赤な目をしてすがるように視線を向ける渡辺、入り口のドアから目を見開き動かない女性。

その後ろの石田艦長に、俺たち三人は立ち上がり挨拶をした。

俺が女性を凝視すると、気まずそうに目をそらす。

「なんだなんだ、なんの集まりなんだ？」

石田艦長が尋ねる。ママが声高らかに答えた。

「その女の子が二股かけてたんですって。まさか、あなたも浮気相手のおひとり？」

艦長は事態を把握しようと、俺に説明を求めるような視線を寄越した。

「そちらの女性との交際期間が少々、海曹長と隊員とで被ってしまっていたようです。しかし誤解かもしれないので、説明をいただけたらと思いお呼び出しをしました」

艦長の娘は、ぶるぶると首を横に振っている。

「あともうひとつ。そちらの女性、俺の婚約者だと名乗り、俺の大切な人にひとりで会いにいったと聞きました。証拠もありますが、艦長からそれは本当か聞いていただけませんか」

海曹長と渡辺が、同時に「はぁっ!?」と叫んだ。

「ち、違うの。会いにいったけど、そうじゃなくって……っ」

しどろもどろになる娘に、艦長は冷静に声をかけた。

「どうして久留見の大切な人に、お前が会いにいったんだ？　それに麻生との婚約の経緯も詳しく聞いていないし、交際期間が被っているとはどういうことなんだ？」

艦長に問い詰められ、娘は青い顔をして黙ってしまった。海曹長から貰ったのか、左手の薬指にはめられた指輪をやたらといじり回している。

俺と川瀬、仲本は隊舎の門限を理由に帰らせてもらうことにした。

彼女に言いたいことはあったが、それは艦長に任せた。

俺は艦長を信頼している。あの人なら、隊を引っかき回した自分の娘に甘い顔をするはずがない。

ママは「ちょっと待って！」と言い、素早く大きなおにぎりを作ると俺たち三人にひとつずつ手渡した。

「今度はゆっくり飲みにきてね。美味しいご飯も作るから」

ママにお礼を言い、必ず来ると約束をして店を出た。

夏の夜。アスファルトは日中の熱を放出し、蒸し暑い。店を出た途端に、汗が額に滲んでくる。

車の通りは少なく、隊舎までの薄暗い道のりを三人で歩く。

仲本が早速、ママから貰ったおにぎりにかじりついた。

「今日、あの店の焼きそば食べにいったら偶然、海曹長と出くわしてさ。まぁ一応挨拶だけしたタイミングで、あいつがのり込んでくるんだもんな～」

「仲本からメッセージを貰って、何事かと思ったよ」

「でしょ？　これはきっと川瀬さんが言っていた『勘』が当たる前兆なんだと思って、急いで久留見さんにメッセージ打ったよね」

俺も隊舎に着く前におにぎりを食べきってしまおうと、ソフトボールくらいあるアルミホイルを開いていく。

真っ黒な海苔《のり》に巻かれたおにぎりを、ひとくち、ふたくちとかじる。

「……あっ、メンチカツが入ってる。それと、卵焼きだ」

「今夜のお通しか、お客に出そうとして揚げてあったんだろうね」

あんなことがあって、今夜は貸し切りにすると言ってくれた。用意してあった惣菜《そうざい》を、今日はもう出せないのでおにぎりにしてくれたのかもしれない。

近いうちに必ず来店しようと心に誓った。

「あれ、いまごろ修羅場になってるかな。それにしてもあの状況、娘を呼び出すまでいい流れが作れたよなあ」

川瀬がそう言って、いまはもう見えないスナックのほうを振り向いた。

俺は渡辺をなだめつつも、海曹長を庇《かば》うふりをしながら状況をコントロールした。ふたりも麻生海曹長の気分を落とさないようにしつつ、ナイスアシストを続けていてくれた。

そして最後には、艦長の娘という本丸まで誘いだせた。少なくとも、ふたりの幹部に同時にちょっかいを出していたことは明らかになるだろう。

俺たち三人は、飲んでいる最中にしつこく声をかけてくる女性を遠ざけるために、万里花としているような小芝居をたまにすることがあった。

なにかの話の流れで、たまに万里花と小芝居をしていると話した際、ふたりが面白がり興味をもったのがきっかけだ。

失敗するかと思いきやこれが意外にもうまくいく場合が多く、今回もそれを応用してここまで話をもっていくことができたというわけだ。

察しのいい川瀬と仲本とだから、うまくいったのだ。

川瀬は「なぁ」と俺を呼ぶ。

「久留見お前あれで良かったのか？　もっと言いたいことがあったんじゃないか？」

言いたいことはあった。なんてことをしてくれたんだと、万里花はどんな様子でそれを聞いていたのかと問いただしてみたかった。

だけど。あの場は、あれ以上混乱させるべきではなかった。

「万里花に会えたら、ちゃんと誤解だって話すよ。ただ、艦長の娘に会った時のことを、その時に話してくれるかはわからないけれど」

「まぁ、今回こうやっていろんなことが数珠《じゅず》繋ぎになって露呈したことが奇跡的だもんな。それだけでも良かったと、おれは思う」

「……仲本、川瀬、ありがとうな」

仲本が「うん、うん」と言っているのを、俺は夜空を見上げながら聞いていた。

その後、渡辺は自衛官を辞めた。

翌日すぐに鍵がかけられた艦長の娘のアカウントは、数日で削除されていた。

海曹長との結婚の話はぴたりと聞かなくなったので、きっと破談になったのだろう。

仲本が女性隊員たちから聞いた情報によると、海曹長と艦長の娘は、海曹長の元婚約者から慰謝料請求をされたという。

石田艦長からは、「娘がすまなかった」と謝罪をされた。

俺はただ「わかりました」と答えた。

あれから、三年の月日が経った。

川瀬は広島の呉《くれ》に転属になり、俺もそろそろかと覚悟をしている。

いまだに万里花の居所や情報はひとつも入ってこないが、諦めるつもりなんてさらさらなかった。

専門の業者にも依頼したが、万里花はそれは綺麗に消え去ったようで、途中からぴたりと足取りを追えなくなっているということだった。

業者には、そういうケースも多いのだと励ましに似た言葉を最後にはかけられた。

梅雨が明け、暑い夏の季節がやってこようとしている。

週末。その日、お昼を外に食べに出ていた仲本から、メッセージではなくスマホに電話がかかってきた。

なにかあったのかと出てみれば、それはもう焦った声色だった。

『もしもし、久留見さん!?　あの、ゲホッ……』

咳《せ》き込む仲本は、やけに息が切れている。そんなことははじめてだ。

「どうした、財布でも忘れた？」

モバイル決済できる飲食店が多いとはいえ、仲本が開拓するような昔ながらの店では使えないところもあるだろう。

『違う、オレ、見たかもっ。さっき、久留見さんの幼なじみちゃん！』

頭が真っ白になり、隊舎からすべての生活音が消える。

ただ仲本の『見たかも』という言葉だけが、繰り返される。

「ど、どこで見たっ!?」

『そんなに離れてない、駅前だよ。オレいま歩きで、さっき信号待ちしててさ。青信号になって、横断歩道を渡ってたわけ。で、先頭に止まった車が〝とちぎナンバー〟だったんだけど、なんとなく運転手の顔を見たら、どこかで見たことあるなって……』

ドクドクと、胸が高鳴ってくる。スマホを持つ手も震えはじめた。

『久留見さん、何年か前にオレに幼なじみちゃんの写真見せてくれたでしょ？　あの雰囲気とは少し変わってたかもだけど、かなり似てたから急いで連絡したんだ』

――万里花が、もしかしたら戻ってきているかもしれない……！

「仲本、連絡くれて本当にありがとう……！」

『違うかもだけど、久留見さん諦めてないでしょ。だからオレも協力したいんだ』

仲本には何度もお礼を伝え、駅前に向かうために電話を切った。

もし仲本が見た女性が本当に万里花だったら……〝とちぎナンバー〟って……北関東に引っ越していたのか……!?

いま、どうして戻ってきているのかを考える。理由はわからない。けれど帰ってきたとしたら、立ち寄りそうな場所なら一ヶ所だけ心当たりがある。

先生の遺骨を納めた寺だ。そこは樹木葬をやっていて、先生の遺骨は大きな桜の木の下に納められたと聞いた。

納骨には、仕事で行けなかった俺の代わりにうちの母親が一緒に行っていた。

俺は隊舎を飛び出し、母親のスマホに電話をかけて寺の正確な場所を聞こうとした。しかし充電が切れているのか、アナウンスが流れるばかりで繋がらない。

父のスマホにかけると、呼び出しはしているが一向に出る気配がなかった。多分、マナーモードにして部屋のどこかに置き忘れているのだ。

「実家に一度寄って、直接聞くしかないか」

遠回りになるが、いまは万里花を捜すために動けることがとてつもなく嬉しい。

額から、首筋にまで汗が流れる。けれどそんなものには構わず、眩しい日差しの下を全速力で走った。

三章

双子の妊娠がわかり、私はこの子たちを産み育てていくことに決めた。

たったひとりの父、唯一の家族を亡くした私にとって、お腹に芽生えたふたつの命は神様と東助からの大事な贈りものだった。

これから結婚するという東助に、双子の存在を知られるわけにはいかない。

もしもこのことが東助にバレて……悩み抜いた顔をして『どうにかしてほしい』なんて言われたら、私は夜逃げをしてまでも絶対に双子を守りたいと思っていた。

東助には、なにも知らないまま幸せになってほしい。好きな気持ちは変わらないけれど、だからといって東助の結婚をだめにしてはいけない。

父が残してくれた遺産、保険金、仕組みは難しくいまも完全には理解できていないが、書いた脚本の著作権も相続ができた。

このお金があれば、湯水のように消えていくという多胎《たたい》妊娠、出産、子育て費用の足しになる。

職場には早々に退職願を出した。

会社のみんなはとても驚いていたが、父の急死もあり気遣ってくれて、深い詮索はされなかった。申し訳ない気持ちでいっぱいだったけれど、感謝を伝え退職させてもらった。

家具は二束三文で引き取ってもらい、マンションを売りに出した。この辺りはいま人気のエリアらしく、ありがたいことにすぐに買い手がついた。最低限のリフォームで、ほぼ現状のままの引き渡しでいいということだったので、とても話が早かった。

とにかくお腹が大きくなる前に、この土地から離れなければいけない。

進む方向が決まると、トントン拍子で物事が進んでいく。これはきっと父が応援してくれているのだろう。

ほぼいろいろなことが片づき、いままで大変お世話になった東助の実家に挨拶にいった。

『母と暮らす』なんて嘘をつくのは心苦しかった。おばさんが、とても心配しているのが伝わってくる。

『どうして』『なんで』と繰り返され、私はただ『ありがとうございました』と返す。

私を幼い頃から知っていて、まるで娘のように接してくれた大好きな人だ。おばさんに対して私が密かに母親の影を求めても、それを受け入れてくれていた。

おじさん……東助のお父さんも、いつも私を気にかけてくれた。おじさんの寡黙《かもく》な温かさに、私は精神的にもとても助けられていた。

ふたりのその優しさはきっと、東助の奥さんになるあの美女にも向けられるだろう。それを思うと嫉妬をしてしまいそうで、少し苦しかった。


夏の暑いさかりが来る前に、長く暮らし慣れ親しんだ地元を離れた。

そして冬が深まりはじめた頃。私は自分が選んでやってきた街で、双子の赤ちゃんを出産した。


住み慣れた街を飛び出して三年近くが経っていた。

風が吹いても海の匂いがしない街で、私は今日も日々成長する二歳双子怪獣たちと賑やかに暮らしている。

ずっと東助から貰っていた優しさを、今度は私がふたりの子供に注いでいる。

我が家はファミリー向けの物件で、建物全体で六世帯が入れるようになっている。

そのうちのひと部屋、うちの隣にはアパートの大家さんである市川《いちかわ》さんという六十代の女性が暮らしている。

2LDK、防音リフォーム済み。お家賃はこの辺りの相場よりはちょっぴりお高いけれど、子供が泣いても筒抜けではないのが決定打になった。

アパートは街から離れているので車が必須、周りは畑と田んぼと山しかない。

隣家はぽつんと向こうにあり、たまに雉《きじ》が山から出てくる。タヌキもいるし、この間ははじめてハクビシンを見た。

そんな場所、しかもファミリー向けアパートなので子供が多少泣いてもお互い様という雰囲気がいい。

夜中に、他の部屋から防音を突破してかすかに子供のぐずる泣き声とあやす声が聞こえてくれば、「頑張れ」と心で声援を送る。

泣きやまない子供を抱えて気分転換にと外に出れば、同じような母親や父親に会う。「泣きやみませんね〜」なんて誰かに向かって困りごとを声にするだけで、ふっと心が軽くなる日もあった。

畑の真ん中にある、ゆりかごみたいなアパート。この一室で毎朝、一番に目が覚めるのは長女の凪沙《なぎさ》だ。

私の頬を触ったりして、六時十五分にかけた目覚まし時計よりも早くに起こす。

逆に、朝ごはん間際まで布団から離れないのが、長男の潮音《しおん》。布団から引き剥がすまで、くうくうと眠っている。

凪沙と潮音。双子は女の子と男の子だった。

二卵性のふたりは、どちらも驚くほど東助に似ていた。ぱっちりとした大きな二重の目元、小さいながらにすっとした鼻筋に、ちょこんとした形の良い唇。

それらのパーツがいいバランスで配置されていて、私は東助の血を濃く受け継いだ双子の顔に驚いた。

顔が東助に激似だったぶん、ふたりとも猫っ毛な髪質や肌が白いところは私に似ている。

私の人見知りと泣き虫なところは、潮音にだけ遺伝したようだった。

凪沙はとても明るく社交的で、おとなしい潮音を引っ張ってくれる。

今朝も凪沙が先に起き、私の顔をさわさわと触っている。くすぐったくて、目が覚めた。

「ママ、おはよぉ」

「……凪沙、おはよう。今朝も早いね」

「あさになるとね、おきちゃうの」

「凪沙のお腹に、いい時計でも入ってるのかな」

私の枕元で凪沙は、まあるい自分のお腹をパジャマ越しに小さな手で撫でた。

寝相の悪い潮音は、今朝はダブルサイズの布団の下のほうにいた。うつ伏せで、私と凪沙がしゃべっていても起きる気配はない。

私は布団からのそりと起き上がり、凪沙を連れて寝室を出た。

顔を洗い、朝食の準備をする。我が家の朝は簡単なものと決めている。じゃないと、保育園に行くふたりの準備が間に合わないからだ。

子供用の仕切られたプレートに、まずはご飯をよそう。それからレンチンしたブロッコリー、昨晩のおかずの残り、プロセスチーズをぽんぽん配置していく。

「ふりかけ、玉子とかつおどっちがいい？」

「たまご！」

リクエストどおり、ご飯にふりかけをかけたら完成だ。とにかく、朝はなにかしらお腹に入ればいい。

寝ぼすけな潮音は、ここで声をかけてやっと目をさます。凪沙がご飯を食べはじめる頃に、潮音を洗面所へ連れていく。

「ねこがね～……ねこがいてね」

潮音は、さっきまで見ていた夢だろうか、猫の話を一生懸命にしようとしている。

「猫ちゃんは可愛いよね、なんであんなに柔らかいんだろ？」

「……んー……ふわふわのくもなのかもしれない」

猫の正体は雲。だからあんなに身軽だし、くにゃくにゃでいろんな形になるのか。

潮音とリビングに戻り、凪沙と少し離して座らせる。

食いしん坊なところが私にそっくりなふたりは、ある程度は食事に集中できるようになった。

それがきれると相手にちょっかいを出しはじめるので、言っても食べなくなったら食事はそこで切り上げる。

「ママー！　おいしい」

「しおちゃんも！　これ、おいしい」

毎日ほぼ似たものがのったプレートなのに、まるではじめて食べたかのように賛辞をくれるのは本当に助かる。

出来合い、冷凍野菜、昨晩の残りばかりなのにだ。

食事中はぽろぽろこぼすし、スプーンやフォークが使用されず手づかみの日もあるが気にしない。

しかし。凪沙や潮音が子供用の椅子を使い、個人でテーブルに向かいはじめた頃は気にしていた。

朝から彩りにこだわったご飯を作った。

それを手で掴めば優しく注意し、スプーンを投げられるたびに新しいものを持ってきて、汚れた床を拭いた。

ふたりには、ちゃんと栄養バランスの取れたご飯を食べてほしい。

きちんとひとりで、ご飯を食べられるようになってほしい。……できれば、あまり食卓をぐちゃぐちゃにしないままで。

作ったごはんを、無駄にせず食べてほしい。

そういう気持ちが強くて〝綺麗な姿のままご飯を食べること〟にこだわっていた。

けれどふたりは私のプレッシャーにまったく負けることなく、各自の食事スタイルを確立していく。

冷ました汁物のボウルに、可愛く工夫して盛ったすべてのおかずとご飯をぶちこむ。

口へ運びやすいようにとひとくち大にまるめたご飯を、握り潰す。

茹《ゆ》でた色とりどりの野菜を、私が目を離した隙に鼻の穴に詰める。

……私は、子供を〝人間らしく育てる〟ことに、ほとほと疲れ果てていた。正確に言えば、妊娠中期からずっと体は疲れていた。

そんな時。天の声とばかりに私をさらっと元気づけてくれたのは、このファミリー向けアパートの大家である市川さんだった。

『子育てしている時はわたしも働いてたから、うちは毎朝パンを握らせてたわ。じゃないと保育園も仕事も間に合わないもの』

『野菜なんて、保育園の給食と夕飯で補えば問題なし！』

『周りの子がどうしてるのか見えてくると、手づかみが恥ずかしいのか急にスプーンで食べるようになるのよ。リンゴを食べて裸だと気づいたアダムとイブみたいよね！』

朗らかで明るい市川さんは、元保育士さんだ。そんな市川さんの『パンを握らせてた』という言葉に、私は目から鱗《うろこ》が落ちる思いだった。

思い返せば、自分がかなり幼い頃の食事の記憶なんて一切ない。父の呑気で少々浮世離れした性格を思えば、幼児向けに工夫した料理はしていなかっただろう。なにを食べて育ったかなんて私は覚えていなかったし、最古の記憶ではきちんと食器を使ってご飯を食べていた。

それからは、スプーンとフォークを用意しつつも、朝ご飯は適度に手を抜いていった。

ひょいっと口に運びやすいブロッコリーやチーズは、落とされても拾いやすい。

ご飯はまるめずに軽く盛る。ふりかけを選択させることで、特別感を出す。すると、不思議と子供たちは自ら進んで食べるように変化していった。

私はこのことで、子供を〝人間らしく育てる〟ということから力を抜けた。

疲労は相変わらずだけど、「まぁいいか」と思えるようになったことは大きかった。

双子たちが簡単な朝ご飯を食べている頃、私は行儀が悪いことを自覚しつつパンをかじりながら洗濯機を回す。

着替えて簡単なメイクをさっと済ませ、髪を整える。

保育園はご飯だけは自前なので、双子たちのお弁当箱に白米を詰め冷ましつつ、今度は洗濯物を干す。

双子たちがご馳走《ちそう》さまをし、流しに食器を運んだら洗うのは帰ってきてからだ。

「ママーっ！　てれびつけて」

「はやく～！」

朝の子供番組がはじまる。双子はそれを毎日楽しみにしていて、特に歌をうたい踊る〝うたのおに～さん〟が大好きだ。

このおに～さん、とても美形でおしゃべりもうまいため、世のお母さんたちに絶大な人気があるようだ。

そして、ちょっと全体的な雰囲気が東助に似ていた。自分が産んだ双子も、テレビで毎日見るおに～さんも、東助に似ているなんて……ちょっと笑ってしまう。東助は元気にしてるかな。もしかしたら、あの美女との間に子供だっているかもしれない。

おばさんやおじさん、きっと喜んでるだろうな。

私が住まいを栃木に選んだのは、海がなかったからだ。海がなければ、艦は来ない。海さえなければ、東助と再会する確率はぐっと減る。あれだけお世話になったのに、私はなにも返せないまま海のないここを選んで逃げてしまった。

『みんな、おはよ～！　おに～さんだよ！』

薄いテレビのなかで、おに～さんが元気に挨拶をしている。

凪沙は「きゃ～っ！」と毎朝、新鮮な声援を送り、潮音は凪沙につられて「わ――！」なんて叫んでいる。

「声のボリューム下げようね、隣の部屋の赤ちゃんが起きちゃうかもだからね」

凪沙も潮音も、慌てて両手で口を塞いだ。

私は「いい子」と双子の頭を撫で、ダッシュで洗濯物を干す。いかにも初夏な青い空、カラッと気持ち良く乾きそうだ。

ふたりは保育園でも自分より小さい子を毎日見ているから、赤ちゃんが起きて泣いたりぐずったりすることを知っている。

『起きちゃう』と、どんなふうに大変になるか理解しているようだ。

声を抑え身振り手振りでバタバタと興奮を伝えてくるなか、今度はさっと双子を着替えさせる。

可愛く凝った双子コーデをしていたのは最初だけで、いまは着せやすく脱がせやすいを重視した服を選んでいる。

汚す濡らすが当たり前の保育園生活では、安く子供服が買える大型の量販店には頭が上がらない。

長い凪沙の髪を結い、ご飯がある程度冷めたお弁当箱をそれぞれの通園バッグに入れた。

子供番組は、二十分ほどで終わる。私はベランダの戸締まりを確認し、双子に声をかけた。

「じいじに、いってきます言って～」

すると双子は我先にと、リビングの端にある父の小さなお仏壇に向かい元気に「いってきます」と声を揃《そろ》える。

父は今日も、三年前と変わらず笑っている。

月曜日の保育園児は、とにかく荷物が多い。金曜日に持ち帰る、お昼寝布団があるからだ。

特にうちは双子だから二組、それぞれ布団バッグに入ってはいるが、そこに着替えの補充やら通園バッグとなるとまるで引っ越しみたいな量だ。

それを肩にかけたり手に持ったりして、玄関を出る。

すると、下の駐車場では大家の市川さんが草取りをしてくれていた。

「なぎちゃん、しおくん、まりちゃんおはよう！」

明るく挨拶されて、私たちは揃って「おはようございます！」と返す。

凪沙と潮音は『いちかわさん』とまだはっきり言えず、市川さんを『ちかわさん』と呼んでいる。

「ちかわさーん！」

双子はバタバタと市川さんに抱きついた。

「あのね、あのねー、ママにかみのけやってもらったの！」

「しおちゃんはね、ねこみたよ！」

市川さんとなんとかして会話をしたい双子は、無理やりにでも話題をひねりだそうとする。

「なぎちゃんの髪、今日も可愛いね。しおくんが見たねこちゃん、今度絵に描いてほしいな」

褒められたり、絵に描いてほしいと言われたり。双子は市川さんに優しい言葉をかけられ、自己肯定感が爆上がりしている。

双子は市川さんが大好きだ。なんせ赤ちゃんの頃から、私生活も含めお世話になっている。

出産後すぐから行政サービスや家事代行サービスを頼っていたが、それでも手が届かない細やかなところをフォローしてくれたのが市川さんだった。

食事、買い物、赤ちゃんだった双子のお世話。私たちがいま心身ともに健やかに生きているのは、市川さんのおかげだ。

市川さんは『大家だからって、こんなに手を出してごめんね。でもどうしても気になっちゃって、放っておけないの』と謝る。

お節介どころか、頼る人がいなかった私は、パワフルにぐいぐいきてくれる市川さんに本当に助けられた。

自身に頼る人がいないこと、シングルマザーのまま出産をすること。アパートの内見で市川さんに会った時、恥も外聞も捨てて話をして本当に良かった。

「まりちゃん、今日も暑くなりそうだから水分とってね。夜に畑でとれた野菜持っていくわ」

「はい！」

車の助手席と、後部座席の足元に荷物を積み、ふたつ並んだチャイルドシートに双子を乗せる。

「気をつけてね、いってらっしゃい！」

「ちかわさ～ん！　ばいば～い！」

「いってきまーす」

運転席に乗り込み、市川さんに見送られて保育園へと出発した。

アパートから園までは車で十分ほど。初夏の日差しは眩しく、さらなる気温上昇を予感させる。

緑は一年で一番の命の輝きを放ち、眩く光ってみえた。

園の駐車場へ着く。毎朝ながら、ひっきりなしに保護者の車が出入りしている。

親としては一分一秒無駄にできない時間だが、子供にとっては眠かったり親と離れがたくあったりで泣きだしている子もいる。

例外なく双子もその道を通った。いまは以前ほどではないが、たまに思い出したようにぐずる日もある。

だから私はなるたけ明るく、楽しげな雰囲気を作り勢いで先生のもとまで連れていってしまおうと算段する。

「さあ着いたよ～、ふたりが大好きな先生はもう来てるかな？」

「さきせんせい、きてる？」

「さきせんせい！」

さき先生は双子のクラスである先生のうちのひとりで、絵本の読み聞かせ方が面白く人気がある。

うきうきした双子の顔を見て内心、ガッツポーズをする。

駐車場は車の出入りが激しいので、双子を降ろすのは最後。布団袋や通園バッグをぎっちぎちに肩にかけてからチャイルドシートのベルトを外し、凪沙と潮音を順番に降ろす。

「今日も手を繋いでね。お友達を見つけても、駐車場では走っていかない」

「はぁい」

よし、と声をかけ、駐車場から園の建物へ向かう。ラッキーなことに、お出迎えの先生は話題に上げたばかりのさき先生だった。

週のはじめの月曜日。双子はぐずらず泣かず無事に登園ができた。

先生にお願いし、駐車場に戻り運転席でほっと力が抜ける。

私の職場は園からさらに車で十五分ほどの、街に近い場所にある。前職と同じ事務員だが、正社員ではなくパートで働いている。

職場には同じようにシングルマザーでお子さんを育て上げた先輩もいて、アドバイスや励ましをいただいたりする。

私はそこで九時から十六時まで働いている。双子が小学校に上がった頃には正社員にしてもらうか、ダブルワークをしようと思っている。


最近、考えていることがある。

父の遺骨を納めた、あの桜の木にお参りがしたい。父が眠る場所を、双子に見せてあげたいと。

夏がはじまるいま頃は、葉が青々と繁って綺麗なんだろうと考えてしまう。

夏の強い日差し、足元に落ちる濃い影。風に揺れさわさわと葉を揺らす桜の木を想像する。

昼休み。シングルマザーの先輩に、お子さんが小さい頃に遠出をしたことがあるか聞いてみる機会があった。

先輩は「あったよ、いま思い出せば過剰な重装備で遠出したわ」と笑う。

「私は福島の実家に急に行かなきゃいけなくなってね。子供はたしか、一歳くらいだったかな？　もう離婚してたし、預け先もなくて……散々悩んだけど、置いていくわけにはいかないもんね」

先輩は、懐かしい～と言ってお弁当を食べている。

「チャイルドシートを、すごく嫌がる時があるじゃないですか。うちの双子もたまにまだ大騒ぎするんですが、運転中はチャイルドシートからは絶対に降ろせないので車内が阿鼻叫喚《あびきょうかん》です」

「だよね。万が一の時には、チャイルドシートがないと命に関わるもんね～。うちも酷かったぁ」

まずこれが、遠出をいままで考えられなかった理由だ。

チャイルドシートがまったく大丈夫な日もあれば、暴れて身をよじり泣きながら騒いで全力拒否の日もある。

「父のお墓参りに神奈川まで行きたいって最近思ってて。公共の交通機関もありますが、電車に乗せたことがないので騒ぐだろうなって……そうするとやっぱり車かなって考えてて」

行きたい気持ちと、無理だろうという気持ち。それから万が一、知り合いにでも会ってしまったらという不安。

三つの気持ちがごちゃ混ぜになっていた。

「たしかに、車なら泣いても喚いてもお菓子こぼしても電車より気は遣わないね。子供が寝ちゃっても抱っこして移動しなくて済むし」

「抱っこ……もうふたり同時に抱えて移動は無理かもしれません!」

「とにかく、これは無理だ～ってなったら休憩をとるし、なんなら引き返す! 強行しない気持ちが大事かもしれない。練習って気持ちで行く、私もそうだったよ」

先輩は予想よりもずっと時間がかかったが、どうにか福島にたどり着けたそうだ。

強行しない気持ち、時間がかかっても構わない、なんなら引き返す勇気。

なんだか、行けそうな気がしてしまう。

父のお墓参りに、凪沙と潮音を連れて一緒に行けるかもしれない。

「栗澤さんひとりで双子ちゃんを連れていくなら、高速より下道がいいかもね。おしっこだって急に言われても、下道なら適当な場所を探して車を停められるから」

具体的なシミュレーションが、頭のなかで繰り広げられていく。私も遠出には慣れていないから、神奈川でホテルを取ってひと晩休んでから帰るプランなら無理がないかも。

「私、父のお墓参りに双子を連れていけるかも……！　まだいろいろ調べてからですが、勇気を貰えました」

「失敗も成功も、あとからいい思い出になるから。無理はしない、させないを第一に考えて頑張ってね！」

先輩の励ましに、私は何度も頷く。遠出なんて少し前まで考えられなかったけれど、凪沙と潮音が成長してきたからもう不可能ではなくなったんだ。

双子が育っていることが、とても嬉しい。

これを身近な誰かと共有できたら良かったのだけど……頭に浮かんだ東助の姿を、慌てて振り払った。

その夜。双子を寝かしつけたあと、私は幼児との遠出について調べた。

成功談、失敗談、用意しておいて良かったアイテムなどが次々とスマホの画面に出てくる。

それを私と双子に重ね合わせ、肝を冷やしたり喜んだりと一喜一憂した。

スマホを閉じる頃には、まるでアクション映画を一作見終わったかのような充実感を味わった。

栃木まで来た時、双子は私のお腹のなかだった。

そのふたりを連れて、今度は父のお墓参りに神奈川へ帰ろうと考えている。

一泊二日を予定した双子とのはじめての旅。

「無理をしなければ、行けちゃうんだ……」

そわっとした、遠足の前日みたいな気分。私はとてもいい心持ちで、眠りについた。


数日後、とうとう気持ちを固めた私は夕食後に双子に遠出の計画を伝えた。

「今度じぃじのお墓参りに、車でうんと遠くまで行こうと思ってるんだ。いつもより長く車に乗る予定だし、お家じゃない場所にお泊まりして帰る予定なんだけど」

双子は多分半分も理解していないだろうけれど『遠く』『お泊まり』というワードを、なんだか素敵なものだと思ったようだ。

「いいねっ」と、潮音が目を輝かせる。凪沙は潮音の笑顔を見て、にこにこ笑っている。

これは、行けるかもしれない。途端にいろいろな出費が頭に浮かぶが、それを楽しみが上回り呑み込んでいった。

『三人で力を合わせて行こう』そう双子にも遠出に関する協力をあおぐと、驚くほどに素直に力を貸してくれるようになった。

体調を整えるためにいつもより早く寝ようと言えば布団に滑り込み、あの潮音が凪沙と同じ時間に起きる。

そうなると朝の洗面を双子一緒に済ませ朝食を同時にスタートできるので、時間と心に余裕が生まれてきた。

「ふたりのおかげで、なんだかいい感じになってきたよ。今日は保育園の帰りに、遠出に持っていくおやつを買いにいこう」

「おかし、もっていっていいの!?」

「楽しいことだもん、持っていこうよ。ママはグミとガムを買うんだ」

「しおちゃんは、しおちゃんはせんべい!」

煎餅は食べた欠片がチャイルドシートに挟まりあとが大変そうだけど、いまは目をつむる。

「いいじゃん、美味しいの選ぼう。凪沙は?」

「なぎちゃんは~、なぎちゃんは~ころっけにする」

コロッケかぁ。保育園に行っている間に気が変わってくれることを祈りつつ、いいね！と答えた。

そうやってモチベーションを上げていきながら、準備を進める。

そしてついに、出発の日を決めた。

土曜日に栃木を出発し神奈川のホテルに泊まり、日曜日に帰ってくる予定にした。はじめての遠出で帰ってきてから双子が体調を崩すかもしれないので、月曜日は有給を入れてもらった。

月曜日は三人で休養日にしてしまおう。そう考えたら、わくわくしてきた。

それにしても、子供との泊まりの遠出に、これほど荷物が多くなるとは思わなかった。

紙パンツも持っていくが、ホテルの寝具を汚さないように使い捨てのおねしょシーツ、着替えも多めに鞄《かばん》に詰める。

今回、双子には新しいリュックを買った。三人で園の帰りに量販店に寄り選んでもらい購入した。

凪沙は子犬のイラストが可愛い黄色のリュック、潮音は水色に濃い青色のパイピングがいい感じのリュックになった。

「ここに、ねこをつけるの」

潮音はリュックに、大家の市川さんが前にお土産でくれた猫のキーホルダーをつけるらしい。

「可愛いね、猫ちゃんも一緒に行けて嬉しいって言うよ」

その会話を聞いて、凪沙もリュックに自分の猫をつけると騒いだ。

リュックには、お菓子、好きな絵本やおもちゃを入れていいよと伝える。詰める前に一度見せてねと約束をして、目の前でリュックに入れてもらう。

好きなものしか詰まっていないリュックを、双子はとても大事そうに抱き締める。

私はいまお酒をやめているけれど、ビールやチューハイ缶、酒の肴《さかな》になるしょっぱいおかず多めなお弁当が詰まったリュックがあったら、きっと抱き締めてしまうな……と想像した。

金曜日の夕方、お隣の市川さんに双子を連れて泊まりで父のお墓参りに行くと伝えた。

市川さんは「あらあら！」と言って、私には栄養ドリンク、双子には切ったスイカをお裾分けしてくれた。

夕飯後にそのスイカを食べていた凪沙が「ねえねえ」と私の肩をつついた。

「あのね、じいじって、やさしい？」

凪沙は多分、お墓参りイコール亡くなっている人に会いにいくということが、なんだかはわかっていない。

ちょっと難しいと私も思う。我が家の小さなお仏壇には父の写真があり、位牌《いはい》もあって毎日三人で挨拶をしている。

凪沙も潮音も、父はお仏壇のなかの人だと思っている。

だけど、遺骨を納めたお寺は神奈川にあって、明日そこへ行こうとしている。

凪沙のなかでは、明日は実体のある父に会いにいく……と思っているのかもしれない。

実体のある父は、凪沙に優しいのか不安があるのかも。

ここで、亡くなっているとか遺骨だなんて説明をしたら、今夜の悪夢とおねしょはまぬがれない。

だからそういう話はもう少し先にしようと決めて、「うんと優しいよ」とだけ伝えた。

翌朝はいつもの時間に起き、簡単に朝食を済ませた。

私は昨日市川さんから貰った栄養ドリンクを一気にあおり、気合を入れた。

出産後に車の運転を再開してからは、はじめての遠出だ。しかも子供がふたり。あらためて、引き返す勇気を胸に刻む。ホテルの当日キャンセル料は痛いけれど、仕方がない！

凪沙と潮音を着替えさせ、凪沙の髪を結ぶ。

凪沙がこの日はこれ！と決めていた、キャンディを模した飾りのついたヘアゴムでふたつに結んだ。

できあがった凪沙の顔を見て、どこか私にもやっぱり似ているなと感じる。

父が急逝し遺影の写真が必要でアルバムを片っ端からひっくり返した時、私の子供時代のものもたくさん出てきた。

私が凪沙くらい、それかもう少し大きくなった頃か。不器用に父が結ってくれた、ふたつしばりの私の写真が何枚もあった。

ゆるんと、ほどけかけていたり、左右の高さが違ったり。私は父にカメラを向けられ、照れてはにかんでいた。

「……よし。では凪沙、潮音。これから出発したいと思います」

その言葉に、双子は目をキラキラと輝かせる。

「忘れものはないかな？　では最後にもう一度、リュックの中身をママにも見せてください」

双子のリュックには、それぞれの好きなものだけが詰まっている。腐るものなどは追加されていなくてほっとした。

「リュックは、ママがいいよって言った時と場所でだけ開けてね」

「わかった！」「はい！」といい返事がきた。

ベランダの戸締まりをして、双子のトイレを済ませる。ヘトヘトで帰ってくることは確実なので、食事の心配をしないで済むように冷凍食品をかなりストックした。牛乳もゼリーもプリンも、内緒で私にだけお高いアイスも買ってある。

「じゃあ、行こう！」

私は大きな旅行鞄や水筒にバッグ、双子はそれぞれリュックを持つ。

親子三人、父のお墓参りへと出発だ。

車に乗り込みナビをセットしていると、市川さんがわざわざ見送りに出てきてくれた。

「気をつけてね、もしなにかあったら連絡して」

「ありがとうございます。もしかしたら、事態によっては途中で引き返す気でいますが、頑張ってきます」

「うん、無理はしないでね。なぎちゃん、しおくん、いってらっしゃい」

市川さんに手を振られながら、アパートをあとにした。

買い物や園に行くまでの見慣れた風景から、次第に見知らぬ景色に変わっていく。

だんだんと落ち着いてきた双子のために、スマホで作ったプレイリストを、カーオーディオに繋げて流す。

毎朝聞き慣れた、子供番組のオープニング曲からスタートだ。

「おに～さんのうただっ」

「おに～さん！　どうして？」

普段車ではラジオしかつけないので、大好きなおに～さんの歌が流れてきて驚いている。

ふたりで顔を見合わせ、目を丸くしたり笑ったりしている様子がバックミラー越しに確認できた。

保育園でうたう曲、テレビアニメの主題歌などを中心に約二時間分を作った。

だいたいの目標は、日が沈む前に着ければ上出来というラインだ。昼過ぎにスムーズに着けたら奇跡という予想でいる。

双子に気を取られてばかりで、自分の運転がおろそかにならないように注意しながらハンドルを握る。

トイレ休憩は一時間に一度、その都度水分をとり体を伸ばす。コンビニを利用した際には、「今日は特別」と言って双子にはアイスを、自分にはアイスコーヒーを買う。ちょうど日陰に車を停められたので、ここでひと休みしようと決めた。

七月の割には、今日は爽やかな天気だ。風が吹けば気持ちが良くて、窓を全開にして空気を入れ替える。

休日のコンビニは、出入りが多い。双子は入っては出ていく車を眺めながら、車内でゆっくりとアイスを食べている。

私はウェットシートを用意しながら、アイスコーヒーを味わっていた。

ふと、潮音の目線の先に家族連れがいることに気づいた。

ちょうど双子と同じくらいの子供が、父親と思われる男性に抱っこされている。高い目線が楽しいのか、子供は声を上げて笑っていた。

潮音の大きな瞳が、じいっとその光景を見ている。私はそれに気づいて、いつかも自分が母の影を求めていたことを思い出した。

言葉にはしないけれど、保育園でだってああいった光景を何度も見てきたんだろう。

だけど私には、自分に父親がいない理由を聞いてはこない。

潮音なりに、他所の家と我が家とでは少し違うなにかを感じているはずなのに。

そんな潮音の様子に、隣の凪沙が小さく声をかけた。

「パパはいないけど、おに～さんがいるでしょ」

凪沙の言葉に、潮音は家族を見るのをやめて再びアイスに集中しはじめた。

そう言った凪沙も、淡々と自分のアイスを食べている。

なんでもないように、だ。

私は……泣きそうになった。二歳の子供が自分たちに父親が不在なことを理解し、それでも『おに～さんがいる』と言っている。

その事実は、私の心に衝撃を与えた。まだ〝ちゃんとした人間〟になりきれていないと思っていた子供たちの心は、こんなにもぐんぐん育っていたのだ。

潮音だけに聞こえるような小さな声で言ったのは、私に気を遣ってくれたのかもしれない。

ごめんね、と言葉に出そうになったのを呑み込んで、涙を誤魔化しながら苦いアイスコーヒーを飲みきった。

何度も休憩を挟み、昼食をファミレスで取りながらなんとか神奈川入りすることができた。

双子もさすがにチャイルドシートに座る時間が長く疲れが出はじめ、ぐずぐずと「降りたい」と言いだしている。

「あとちょっとだよ～、もうすぐみたい」

カーナビに導かれ、見覚えのあるお寺までついに到着することができた。

駐車場に車を停めると、双子は「おりる!?」と騒ぐ。

「お疲れ様だったね、じいじに会いにいこう」

凪沙と潮音をチャイルドシートから降ろし、三年前に父を納骨した桜の木へと歩いていく。

蝉《せみ》の声が強くいくつも響く。お寺から漂うお線香の清浄な香りに、ここへ来た日を思い出していた。

人気《ひとけ》のない墓地。双子は私の手をそれぞれ、ぎゅうっと握る。

「だれもいない……いいのかなぁ」

「大丈夫だよ。足元、気をつけてね」

「だれもいないよ。おこられない？　ここ、おはかがいっぱいだよ……」

不安そうに、きょろきょろと辺りを見回している。いままでお墓参りへ行ったことのなかった双子は、この雰囲気をとても怖がっている。

少し歩くと盛土がしてあり、そこに大きな木が植えられている場所に出た。

芝が植えられ綺麗に整理されていて、桜の木は予想していたとおりに青々と葉を繁らせていた。

爽やかな風が吹き抜け、汗をかいた凪沙と潮音のおでこを撫でていく。

「……着いた。この大きな木の根元、あの辺りにじいじがいるんだよ」

双子は黙って木の根元を見ていたが、潮音がぽつりと言った。

「じいじ、くるしくないの？」

「大丈夫みたいよ」

「だしてあげたほうがいいよ」

必死に指さし、私に掘り起こすように勧める。

掘り起こしたら、通報案件になってしまうよ。

「ぐっすり眠ってるから、そのままにしておいてあげよう」

私がそう諭すと、「じいじ～！」と凪沙が叫ぶ。

「おきて、いっしょにかえろ～！」

「わ、ちょっと、凪沙っ、シーッだよ」

「じいじー！　しおちゃんだよーっ！」

潮音はなぜか、いまさら自己紹介をはじめた。それが私のツボにハマって、思わず笑ってしまう。

途中でお花を買うことを忘れたし、はじめての親子三人でのお墓参りは賑やかになってしまったけれど。

私は手を合わせ、今日ここに三人で来られて本当に良かったと父に報告をした。


このお寺は、前に暮らしていたマンションから少し離れた場所にある。

それでも、いつ誰に見られてしまうかわからない。

双子の顔を見れば、私と東助が幼なじみだと知っている人は絶対に「あれ？」と思うだろう。

そのような事態を避けるべく、お墓参りが終わったら宿泊予約をしたもっと離れた場所にあるホテルへ、速やかに撤退しなければならない。

しかし、ここにきて『ぜったいにじいじをおこして、つれてかえる』、じいじを置いてはいけないと凪沙が泣き、地面にひっくり返ってしまった。

汗をかき芝だらけになる姉にどん引いたのか、潮音は凪沙を見つめ茫然としている。

私もちょっとその様子を眺めてしまった。

どうやっても、じいじは連れて帰れない。

しかし、それを凪沙に説明してもちんぷんかんぷんになり、よりいっそう騒ぎだすと予想ができる。

子育ては予想と実地、なにがあってもとりあえずいったんは冷静になる心が下地だと思っている。

しかし、ここまでなかなか順調にきていたのが、まさかここで爆発するとは思わなかった。

が、神奈川には着いているのだ。落ち着け私、落ち着け凪沙。

「ああ～、ママは凪沙と潮音と早くホテルのお風呂に入りたいな」

「やだっ、じいじも、じいじもはいるっ」

じいじはすでに骨壷に入っているし、風呂に一緒に入られても困る。

「ホテルのお部屋で、凪沙のリュックの中身を見たいな～」

ぐずっと、凪沙が反応した。

「……みたいの?」

「そりゃ見たいよ、だって可愛くていいものが、たくさん入っている気がするもん」

今朝の最終確認で生ものチェックをした時、リュックには凪沙の好きなものだけが入っていた。凪沙は私がリュックのチェックをしたことを、すっかり忘れているようだ。

ひっくり返っていた凪沙は立ち上がり、芝だらけで「いこっ」と言う。切り替えが早すぎると突っ込みたかったが、機嫌を損ねたくはなかったので「そうだね」と冷静に返事をしてお寺をあとにした。

駐車場で水筒から水分をとらせ、芝を軽く取って凪沙と潮音をチャイルドシートに乗せる。

凪沙の細い髪に枯れた芝が絡みついていた。それを取るために、このあとホテルで格闘するのか……と考えひっそりとため息をつく。

これからホテルに行きチェックインし、荷物を降ろしてから夕飯を調達しなければならない。

そんなことを考えながらハンドルを握っていると、人通りの少ないコンビニ前の歩道にうずくまるような女性の姿が一瞬見えた。

「え、えっ、わ、ええっ!?」

見間違えも考えた。が、それならそれでいいと引き返す。コンビニの駐車場に入るためにウィンカーを出しあらためて確認すると、やはり身なりの綺麗な女性がうずくまっていた。

凪沙も潮音も、「あっ」と声を上げる。

車でコンビニの敷地へ入り、女性のそばに車を停める。

「ママ、ちょっと声をかけてくるから待ってて。暑いけど、窓を開けておくからここから見てて」

後部座席の女性が見える側だけ窓を開け、私は慌てて運転席から飛び出した。

「だ、大丈夫ですかっ」

口元を押さえた女性の姿に、心臓が強くどきりと脈を打つ。

……この人って、まさか……っ。

女性が私の呼びかけに、顔を上げて目を見開いた。

「……万里花ちゃんっ！」

「おばさん……？」

それは東助のお母さんだった。おばさんは私を見てとても驚いている。

「……あっ」

おばさんが「ううっ」と強く口元を再度押さえたので、私は覚悟を決めて隣にしゃがみ込んだ。

「大丈夫ですか、気持ち悪い？」

「……なんだか頭がくらくらしちゃって。日傘を忘れちゃったから……」

爽やかな日とはいえ、七月の強い日差しは体に堪える。

おそらく、軽い日射病だろう。

日陰へ、と思ったが、車内に残し開いた窓から私たちを見ている凪沙と潮音が見えた。

おばさんにもし、凪沙と潮音の姿を見られたら……。

だけど、変わらず私はおばさんが大好きだし、そんな人を放ってはおけない。第一、困っている人を置いていくなんてことは絶対にしたくないし、そんなところを、子供たちに見せたくもない。

「とりあえず、車に乗って休んでください。立てる？　こっち、手を掴んで」

おばさんは、「ありがとう」と言って立ち上がった。見た限り、転んだようなケガはしていないようだ。

車の助手席のドアを開ける。双子は黙って事態を見守っているようだ。

おばさんは後部座席のふたりを見て、一瞬固まってしまった。

「私、スポーツドリンクを買ってくるので、座って待ってて……て荷物がいっぱいだっ。ちょっと待って、動かすんでっ」

急いで助手席の荷物を、後部座席の足元に移す。

おばさんを助手席に座らせ、一度運転席に戻り後部座席の窓を閉めた。

「凪沙、潮音。とりあえず、ここで休憩ね。水筒からお水飲んで待ってて」

「ママー……」

潮音が、不安そうに私を呼ぶ。

「この人は、ママが小さい頃から面倒を見てくれた大好きな人です。凪沙や潮音が大好きなさき先生と同じくらい、大好きなんだよ。だからなんの心配もないから、買い物に行く間だけ待っててくれる？」

「ママー……」

「わかった。しおちゃん、だいじょうぶでしょ？」

凪沙がそう潮音に言い聞かせ、水筒のストローから水を飲みだした。

「エンジンかけてクーラーつけておくんで。おばさんは座って待っていてください」

お財布だけを持って飛び出す。店内でスポーツドリンクのペットボトルを手に取り、会計を済ませ車に戻った。

三人は短い時間の間に、すっかり仲良くなっていた。双子はチャイルドシートから身を乗り出す勢いで、おばさんを質問責めにしていた。

あんなに不安そうにしていた潮音が、一番おばさんに声をかけている。

「あたまいたい？」

「もう大丈夫よ」

「ママはいたいとき、おくすりのむよ。おくすりもってる？」

「休んだら、ずいぶん楽になったから。ありがとう」

おばさんは潮音の質問に、優しく丁寧に答えてくれていた。

「こらー。これじゃおばさんが全然休めないでしょう」

「えー……」

「ごめんなさい、あんまり休めないでしょ」

運転席に乗り込み、買ったばかりのペットボトルを手渡す。おばさんは私の顔をしっかりまっすぐ確認して、涙をはらはらこぼす。

「……万里花ちゃんが、元気そうで良かった……！」

ぎゅうっと胸が苦しくなる。おばさんが私を心配してくれていたことが、ひしひしと伝わってくるからだ。

私は幸せ者だ。唯一の家族だった父を亡くしても、東助からは双子の命を貰い、おばさんは変わらず私を案じてくれていた。

「……うん、元気だったよ。ありがとう」

もっとたくさん伝えたいことはあるけれど、東助と美女のために口をつぐんだ。

おばさんは、双子についてなにも聞いてはこない。

私も、その話はしない。

ただ。振り返り双子と話をするおばさんの眼差しには、とても愛おしいという気持ちが込められていた。

おばさんは今日、普段あまり行かない知人宅を訪ねたのだという。

そこで用事を済ませ、最寄り駅までの帰り道に具合を悪くして、しゃがみ込んでしまっていたのだそうだ。

私はそのまま、おばさんを家まで送っていくことに決めた。

双子にもそう言うと、「やった～」なんて言っている。

運転をしながら私は、双子とおばさんが楽しそうに話すのを聞いていた。

次第に見慣れた景色が広がりだした頃、双子はふたりで歌をうたいはじめた。するとおばさんが私に「万里花ちゃん」と隣から話しかけてきた。

「あの……万里花ちゃんは、結婚しているの？」

おばさんが小さな声で聞いてきたので、私は視線を前へ向けたまま「ううん」と答えた。

私からも、おばさんに聞く。

「東助は、結婚したんだよね？」

あの美女と。子供だっているかもしれない。

聞かなきゃ良かったかもしれないと思うほど、胸が苦しくなる。

ハンドルを握る手が震える。ああ、本当に聞かなきゃ良かった……と後悔しはじめた時だった。

「万里花ちゃんをずっと捜してる東助が、結婚するわけないじゃないっ」

真剣な声色だった。赤信号で止まったタイミングでおばさんに視線を向けると、私をじっと見ていた。

私は、声を絞り出して再度質問をする。

「……だって、私に直接会いにきたんだよ？　東助と結婚するって、女の人が……」

「その人、いろんな人に結婚をほのめかして大変なことになったらしいの。万里花ちゃんは、その人に騙されたのよ」

信号が変わったのか、周囲の車が動きだす。私も嫌なふうに脈打つ心臓をなだめるように深呼吸をして、前を向きアクセルをゆっくり踏んだ。

――東助は、結婚してない？　私はあの美女に騙された？

そんなの、いまさらわかったって……。

私と東助の人生は、すれ違ってしまったあとだ。双子を連れて「東助の子供だよ」と会わせたところで、驚かせるだけ。

勝手に子供を産んだのだから、東助に迷惑をかけてしまうのはいけないことに変わりはない。

「東助が……ずっと万里花ちゃんを捜してるの」

おばさんが、もう一度、伝えてくれる。

突然姿を消した私を、東助はいまも心配してくれている。そうして、捜してくれているという。

東助は変わらず、私をとても心配してくれる〝お兄ちゃん〟だ。

申し訳なくて、大声を上げて泣いてしまいそうだった。

懐かしい、東助の実家に着いた。

おばさんはシートベルトに手をかけ、私になにか話をしようとしてくれている。

「ママー、ついた？」

「……うん」

「じゃあ、はやく、おろして」

双子はふたり揃って、車から降りようと足をバタバタさせる。

「ちがうよ、凪沙と潮音は降りないよ」

「なんでぇ～っ！」

ふたりで大泣きをしはじめ、車内は大変なことになる。

私はおばさんを「いまのうちに」と急かし、助手席から降りてもらった。

続いて私も車を降り、おばさんに「体を大事にしてね」と伝える。

車外にまで双子の泣き声が聞こえてくる。おばさんは、「ああ、どうしよう」と私の手を握り泣きそうだ。

「大丈夫、平気。いつものことだし、今日の疲れが出ちゃってるだけだと思います」

おばさんの手に、自分の手のひらを重ねる。

「でも、こんなに泣いたら万里花ちゃんが大変だもの……」

私は、心配してくれるおばさんの心が嬉しかった。双子が可哀想ではなく、私をまず先に心配してくれるおばさんが本当に大好きだと思った。

ニコッと笑ったら、涙がぽろりとこぼれた。

おばさんもまた、はらはらと涙を流す。

そろそろ戻らないと、双子のどちらかが泣きすぎて吐いてしまう。

「ねえ、万里花ちゃん、このまま行ってしまわないで。お願いよ。どうか東助に連絡を……」

そう言ってくれるおばさんの温かい手を離そうとした瞬間。後ろから足音がしたと思ったら、強い力で抱き締められた。

「……万里花っ」

一時も忘れたことがなかった、東助の声。

力強い東助の腕、ぬくもりだった。

四章

三年間、ひたすら再会を夢に見た万里花に似た後ろ姿が、目の前に現れた。

三年前より髪が長くなっている。一歩一歩近づいていくたびに、確信が強くなっていく。

間違いない。あれは万里花だ。

車のそばで母親が泣いている。

万里花も、肩を震わせているようだ。

どう声をかけようか悩むより先に体が動き、走りだしていた。

もう絶対に、離したくない。

気持ちを伝える前に、姿を消されたくない。

後ろからそのまま細い肩を抱き締めて、やっと万里花が帰ってきたと思うと目頭が熱くなった。

「……東助っ、東助」

俺の腕に、ぱたぱたとなにかが落ちる。それは万里花の涙だとすぐにわかる。

そして、停まっていた車から子供の泣き声がするのに気づいた。

万里花を抱き締める腕をゆるめる。

視線を車内に移すと、子供がふたり、こっちを見て泣いている。

手前の子は、結った髪がくずれていて……いつか万里花とはじめて出会った時のデジャブかと息を呑んだ。

奥の子供は、生まれた時から鏡や写真で見慣れている、俺と同じ顔をしている。

そしてふたりは、まるで双子みたいにそっくりだ。

子供たちは俺の顔を泣きながら見ていたが、女の子のほうはすぐに泣きやんだ。

俺は……この感情を百パーセント言語化するのは無理だろう。驚き、喜び、ＤＮＡが歓喜でざわざわと血液を沸騰させているみたいだ。

この子供たちは……ふたりは……。

「万里花ちゃん、うちで休憩していきなさいな。子供たちも、休んだら落ち着くわ」

母親が万里花に、うちに寄っていくように勧めている。

「俺もそうしてほしい、是非そうして」

俺を振り返った万里花は、目に涙をいっぱいにしていた。流れた涙で濡れた頬を手のひらで包むと、万里花はほうっと緊張の糸が切れたように息を吐いた。

俺は運転席を開け、チャイルドロックを外す。ふたつ結びの女の子は、その様子をじいっと見ている。

「こんにちは。これから家に寄って、休んでいって。さっき乗っていたおばさんが、ジュースとお布団を用意してくれるから」

女の子は、なぜか髪に枯れた芝がくっついていた。

逆に俺を見て大泣きしているのは、男の子のほうだ。この世の終わりが来たとばかりに、さらに大声で叫び泣いている。

……ああ、あの頃の万里花の人見知りは、こっちの子に遺伝したんだな。

下を向くと、運転席にぽたぽた涙が落ちる。こんな可愛い子を、ふたりも。

万里花が小さな命を守り、産み育ててくれたことに心の底から感謝した。

万里花は男の子をチャイルドシートから降ろし、抱いて慰めている。

俺は反対側に回り、女の子のほうに向かった。チャイルドシートを外している間、女の子は静かにしていた。

「抱っこして、降ろしてもいい？」

女の子は、黙って頷く。脇に手を入れ支え、抱き上げる。

子供の重さだ。背中は汗をかいて、服がぐっしょりしていた。猫っ毛に芝が絡まり、キャンディのおもちゃがついたヘアゴムがプラプラ揺れている。

猫っ毛は万里花に似たのか。なのに顔は、俺に似ている。

「……あの、あのね」

「ん?」

「おに~さん、ですか?」

「おに~さん?」

男の子を抱いた万里花が、泣きながら笑っている。俺はいったい誰に間違われているんだ。

胸のあたりが猛烈にモヤモヤする。

離れていた数年。万里花を助ける、俺ではない男の存在があるのかもしれない。

『おに~さん』と呼ばれる、謎の存在。だけど俺は、絶対に負けられないと密かに闘志を燃やす。

万里花に気持ちを伝えることに、もう怖気づいたりはしない。

外の異変に気づいたのか父親が家から飛び出してきて、子供を抱いた万里花と俺を見て驚きの表情を浮かべる。

けれどすぐに「万里花ちゃんも子供たちも、暑いからなかに入りな」と涼しい家に招き入れてくれた。

万里花の乗ってきた車は、父親がうちのガレージに入れたようだ。

リビングでは母親が早速、飲みものの準備をしている。

「子供たち、アレルギーとかは大丈夫？　甘いジュースはあげてもいいかしら、だめかな？　お菓子はあったかしら、お父さんのお菓子出してあげてもいーい？」

母親の焦りと嬉しさみたいなものが、爆発しているのがわかる。寡黙な父親も、その『お父さんのお菓子』とやらを戸棚から取り出している。

万里花はか細い声を上げた。

「あの、本当にお構いなしで大丈夫なので……」

母親は、「嬉しくて平常心じゃいられないよ～！」と返してきた。

父親も同様らしく、俺が帰ってても出してくれることなんてなかった、有名洋菓子店のクッキー缶をいそいそと持ってきた。

「これ、美味しいんだ」なんて言って、万里花と、抱かれた男の子を見てにっこにこだ。

そしてソファーを勧めて、座らせている。

女の子は、俺に抱かれたままでそわそわと部屋を見回している。もっと見たいかと思って、リビングを歩き回る。

抱っこして、落ち着いて間近で見てみてあらためて確信する。この子たちは、俺と万里花の子供だ。

「ここ、おに～さんのおうち？」

「う～ん。前はそうだったんだけど、いまは別の場所でたくさんの人と一緒に暮らしてるんだよ」

隊舎でも艦でも、数多くの仲間と一緒だ。

「……やっぱり、おね～さんも、ヤンパッパもいるんだね！」

大好きっと叫んで、首にしがみついてきた。

「おね～さん？」

女性専用の隊舎はあるけれど、ヤンパッパとはいったい……!?

困惑のまま万里花を見ると、俺と目が合った男の子がまた激しく泣きだしてしまった。

「ごめん、せっかく泣きやみそうだったのに」

「いいの、大丈夫。潮音は私に似ちゃって人見知りなだけだから」

眉を下げて笑う万里花は、母親の顔をしていた。

テーブルに飲みものやお菓子が、これでもかと並べられる。多分、この家にあったお菓子が全部出されている。

「あの、ふたりの手を洗うのに洗面所を借りてもいいですか？　父のお墓参りで、いろいろあって」

「……なぎちゃんが、じいじのうえでごろんごろんしたの」

ようやく泣き終えた男の子がぽつりと言うと、俺の抱いている女の子が言い返した。

「ちがうもん！　してないもん！」

頭にいっぱい芝をつけて、そう言うのは無理があるがそれが可愛らしい。

きっと地べたか、その辺で駄々をこねたのだろう。

「じゃあ、おばちゃんとお手て洗いにいこうか？　シュッてやると猫ちゃんの肉球の形で泡が出てくるハンドソープがあるよ」

わっと、喜んだのは男の子だ。

「ねこちゃん！　てってあらう～！」

「なぎちゃんも、なぎちゃんもあらう！」

女の子がじたばた元気にするので、フローリングに下ろした。男の子も万里花から離れ、俺の母親のそばに寄っていく。

そのまま三人は、リビングを出ていった。

万里花がどこか心細そうに下を向くので、俺はすぐ隣に座った。

「万里花ちゃん。うちのお母さんが具合が悪くなったところを助けてくれたんだってね。本当にありがとう」

父親は向かいに座ったまま、頭を下げた。

「たまたまなんです、父のお墓参りの帰りに見つけて……だから頭を上げてください」

「母さん、具合悪いのか？」

「軽い日射病だったみたいだ。しゃがみ込んですぐのところを、万里花ちゃんが見つけて助けてくれたって。そのまま車で家に送ってくれたおかげで、もうすっかり良くなったようだ」

耳をすませば、子供たちを相手に張りきっている声が聞こえる。あらためて、隣に座る万里花のほうに向き直る。

「俺からも、ありがとう。母さんは元気だって言うけど、体は年相応だから」

「全然……っ、私こそ、ごめんなさい」

万里花は俺たちに、深く頭を下げる。そのごめんなさいには、あの子供たちのことが含まれているのだろうか。

なら、謝る必要なんてまったくない。

「悪いのは、俺だよ。万里花にもっと早く自分の気持ちを伝えるべきだったんだ」

「……えっ」

万里花は、驚いたようで固まってしまった。

「俺が結婚したいと思っているのは、万里花しかいない」

「そうだぞ、東助。どうして万里花ちゃんと結婚したいって、本人でなく、ぼくやお母さんに先に伝えたんだ」

万里花は跳ねるように顔を上げた。俺は自分の不甲斐なさをひしひしと感じながら、万里花の潤んでいく瞳を見つめて頷く。

「東助……っ」

そのタイミングで、洗面所から三人が戻ってきた。男の子は万里花の隣に俺が座っているのを見て、慌てて俺の母親にしがみついた。

女の子は、構わず俺に飛びついてくる。

「お待たせしました、さあジュース飲んで！　お菓子食べて！」

男の子を抱っこしたまま、俺の母親は父親の隣に座る。父親は男の子の額に張りついた前髪を指で整えてやっている。

「お名前、教えてくれるかな？」

父親がそう言うと、男の子は「くりさわしおん、にさいです」としっかりと答えた。

「わたしは、くりさわなぎさです。しおちゃんとおなじ、にさいです！」

と、女の子も元気に自己紹介をしてくれた。

「潮音と凪沙は、二卵性の双子なんです。凪沙がお姉ちゃんです」

万里花が言うと、母親は流れ出す涙を拭った。父親の目も鼻も、みるみる赤くなっていった。

子供たちはお菓子を食べ、ジュースを飲むとそのうちにうとうとしはじめた。

その様子に母親がリビングにすかさず布団を敷くと、子供たちは「きゃ～っ」と飛び込んであっという間に眠ってしまった。

万里花は今日、はじめてふたりを連れて栃木から遠出を決行したことを話してくれた。

時刻は十六時半を回ったところだ。

「今日は万里花ちゃんたち、うちに泊まっていって。私もお父さんも東助もそうしてくれたら嬉しいって……あ、東助は帰らなきゃだけど。って、そうだ。あんた今日なんでうちに来たの？」

一斉に俺に注目が集まった。いろいろなことが起きすぎて、俺がいることを両親はいまのいままで聞いてこなかった。

それくらい、万里花が帰ってきたことと、双子のことが嬉しかったのだと思う。

「友達が、車で信号待ちをしてる万里花を見かけたって言ってて。もし万里花が帰ってきてるなら、先生の墓参りに寄るだろうなってさ。母さんに寺の場所を聞こうと電話したら繋がらないから、直接聞きにきたんだ」

「そういえば、昨日充電が切れてそのままだわ」

あらあら……と呟きながら、母親はそそくさと自分のバッグからスマホを取り出し充電をはじめた。

「私を知ってる友達？」

「ずっと前に万里花の家でカレーを作った時、給養員の友達に写真を送ったの覚えてるかな。カレーと万里花のあの写真を、彼が覚えていてくれたんだ」

「……あっ、あの時の……」

万里花はたちまちに顔を真っ赤にして、俯いてしまった。

あの夜のことは、一生忘れない。自分の鈍感さと、万里花への大きな気持ちを自覚した大事な夜だった。

気持ちを切り替えるためか、万里花は小さな咳《せき》払いをした。

「……私たち、今日はホテルを予約してあるんです。当日キャンセルにしちゃうとキャンセル料が全額かかっちゃうので、双子が起きたらそちらに移動します」

深く眠る子供たちに万里花が目線をやった。

母親は「そんなっ」と続ける。

「なら、キャンセル料はこっちがもつわ。ね、お父さん？」

「ああ、そうしよう」

母親は万里花たちと一分一秒でも長く一緒にいたくて必死だ。そんなのは俺だって同じだし、むしろ……。

「いや、俺が全額出す。万里花や子供たちのことなら、俺が出すのが当たり前だろ」

「どうぞどうぞ」

すかさず母親が返して、ついに万里花は堪えきれずに笑いだした。

硬く縮こまっていた万里花が笑っている。俺や両親は、ほっと密かに胸を撫で下ろした。

「なら、決まりね。お母さんたちは夕飯の買い物に行ってくるから、東助はちゃんと万里花ちゃんに話をしなさい。帰ってきて泣かせてたら、許さないからねっ」

「そうだそうだ」

両親はそう言って、「今夜はご馳走にしましょうね」と言って買い物に出ていった。

ガレージから車が出ていく音がして、それが次第に遠ざかる。

リビングには、子供たちの寝息とエアコンの静かな冷気を吐き出す音がかすかにするだけだ。

「東助……」

申し訳なさそうに口を開いた万里花を、俺は思いきり抱き締めた。

三年間の空白を押し潰すように、ふたりの間に隙間なんてできないように。

おずおずと背中に万里花が手を回してくれて、俺はやっと安堵の息を吐いた。

「好きだよ、ずっと愛してた。なのにいまさらどう切り出していいのかわからなくて……俺が意気地なしの鈍感だったせいで、万里花を不安にして……ひとりで苦労させてごめん」

ずっと会えたら伝えたかったことを、全部言いきった。

罵倒《ばとう》も殴られるのも覚悟していた。恨みつらみを、全部ぶつけてほしいと思っていた。

　だけど、万里花の口からは……。

「私も、わたしも……っ！　ずっとずっと好きだった、忘れたりなんて、できなかった……っ」

　その返事に、ひどく安心した。万里花はずっと俺を好きでいてくれた……奇跡みたいな事実に、力を込めた手が震える。

　嬉しさで魂が抜けそうだが、直接伝えたいことが山ほどある。

「子供も、産んでくれて……ひと目で俺と万里花の子供だってわかった。凪沙は、出会った頃の……四歳の万里花にそっくりだ。潮音は、俺に似てる」

　こくこくと、万里花が胸のなかで頷く。

　その顔が見たくて腕をゆるめると、目に涙をたたえ真っ赤な顔をした万里花が俺を見た。

「あんなに可愛い子供をふたりも、万里花には感謝しきれない」

　震える唇にキスを落とす。細い肩がびくりと反応して、体を預けるように脱力した。

「……私、東助は結婚したんだと思ってた。でも、好きだったの……ずっと忘れるなんてできなかった」

わあっと、万里花が泣きながらすがりつく。

三年間、万里花はひとりで頑張ってきてくれた。

あんな小さな子供をふたりも抱えて、だ。

その苦労を想像すると、心がバラバラに砕けてしまいそうになる。

「ずっと……俺は万里花を守ってやらなきゃって思ってたんだ。でも、それってもうだいぶ最初の段階から、万里花を好きだったんだよな。なのに俺は鈍くて……妹みたいな存在だから守りたいんだってずっと思い込んでた」

「私は……小学生の時には、東助のことが好きだって気づいてたよ。それで何回も淡い期待を抱いては、勝手に自分のなかだけでフラれ続けてたけど……お嫁さんになりたいって言った時はスルーされたし」

覚えてる。いくら万里花が可愛くても、妹に近い存在をそんなふうに想ってはいけないと聞こえないふりをしてしまった。

「……精神的に、万里花よりずっと子供だったんだ。あの頃に戻れるなら、とっ捕まえて言い聞かせてやりたいくらいだよ」

「ふふ、子供の頃の東助が怖がるからやめてあげて。もういいんだよ、いまの東助がちゃんと気づいてくれたじゃん」

「万里花は俺を殴ったっていいんだ、その資格がある」

「でも、立場が逆だったら東助は私を絶対に殴らないでしょう？　自分で決めたことだもの、大変でも東助をどうにかしようなんて考えたこともない」

その言葉から、万里花が俺をちっとも恨まずにいてくれたことがわかった。

万里花の手を取り、息を吐く。

「再会できたら、俺の気持ちを伝えて……それから婚約者を騙《かた》ったあの女性の話をして、必ず誤解をときたかったんだ」

ごくりと、万里花の細い首が息を呑むのがわかった。万里花が消えた原因のひとつに、やっぱりあの出来事が絡んでいたんだろう。

「……俺の婚約者だなんて言って、万里花に会いにきた女性は艦長の娘だったんだ。あちこちであんなことをしていて……最後は婚約破棄されたうえに、慰謝料を請求されたって聞いてる」

「嘘だったんだね……。だけど私、写真も見せられて。東助とは連絡が取れなかったから信じちゃった……」

思い立った時に、すぐ連絡が取れないのがこの仕事の難儀なところだ。

だから恋人と長く続かない、婚期が遅いなんていうのは聞き慣れた話で。

自分とは無縁だと思っていたけれど、不安に思う気持ちは三年間で嫌というほど思い知らされた。

「……もっと早く、俺が……好きだって伝えれば良かったんだ。もう絶対に離さない、万里花も子供たちも離したくない」

「……うん」

「俺と、結婚してください。絶対に、必ず、いますぐに」

俺はとにかく、確固たる約束が欲しかった。

自分の命よりも大切な万里花、子供たちをどうしても離したくない。

「……私、妊娠したってわかった時ね。もし東助に堕胎してくれって言われたら……無理だなって思って、それで逃げたの。……東助がそう言うかもって、一瞬でも疑ったの。第一、私は東助から貰った命を、なんの相談もなく勝手に産んで育てたんだよ」

そう口火を切って、万里花がどうして消えたのかを話しはじめた。

俺の婚約者を騙った女性が会いにきて写真を見せられ、そのあとで俺の子供を妊娠していることがわかった。

その頃、俺は日本にいなくて連絡も取りづらかった。

その状況で産むと決めたのなら、見つからないように黙ってここを離れざるをえなかったのは、充分すぎるほど理解できる。

堕胎してくれと、俺が万里花に頼むかもしれないと思ってしまっても無理はない話だ。

万里花に俺が日本から離れる前に、ちゃんと気持ちを伝えていたら……不安にさせることなんてなかった。

「疑ったのは、俺がちゃんと万里花に好きだと伝えられなかったからだ。不安だったよな、俺は万里花があの子たちを産んでくれたことが本当に嬉しい」

自分の人生すべての時間を使っても、万里花には感謝を伝えていきたい。

「……そう言ってもらえて、子供たちのことを、そう思ってくれて嬉しい……ただ」

「ただ……？」

「結婚は、まだ待ってほしいの。子供たちが東助と仲良くなって、少しずつ環境を慣らしていって……そうしたら、みんなで家族になりたい」

どうぞよろしくお願いします。そう万里花は俺に頭を下げた。

ひとり、欲を万里花に押しつけた自分がとても恥ずかしくなった。

小さな子供たちに、無理をさせることはできない。万里花と子供たちが築いてきたものを、大切にしないといけなかった。

「わかった。俺は子供たちに、いつか父親……家族だって認識してもらえるように頑張る。時間がかかっても、頑張るから」

これは、いままでひとりで頑張ってくれた、万里花への誓いだ。

「ありがとう……大好き、大好きだよ、東助っ」

「俺だって、万里花が大好きだ。子供たちもだ！」

お互いを抱き締め、見つめ合い、ゆっくりともう一度口づけを交わした。


そのあと両親が買い物から帰ってきたタイミングで、子供たちがのそのそ起きだしてきた。

万里花が今夜はここに泊まると言うと、子供たちは大喜びしてくれた。

ただ、俺は隊舎に帰らなければいけない。

「おに～さんも、いっしょにねる?」

「俺は帰らなきゃいけないんだ……帰りたくないけど……帰りたくないなぁ」

素直に言葉にすると、凪沙がちっちゃな手で俺の頭をよしよししてくれた。

夕飯をみんなで囲んだあと。明日は俺が運転をして万里花たちを栃木まで送っていくと宣言した。

「そのほうが、万里花も楽になるだろう？　俺は三人と一秒でも長く一緒にいたい」

「私は助かるけど……。でも、帰りはどうするの？」

「電車で帰るよ。宇都宮《うつのみや》まで出れば新幹線に乗れるはずだから」

「なら、よろしくお願いします」

万里花にいくらでも頼られたい俺は、心のなかでガッツポーズをする。

がっつきすぎないように、少しずつだ。万里花と子供たち三人のなかに、俺をちょっとずつ入れてもらうイメージで。

父親だからといって、日々築き上げてきた〝三人家族〟のなかに遠慮なくずかずかと入っていってはいけない。

子供たちを傷つけないことを第一に考えて、それを頭のてっぺんに置く。

俺をなぜか『おに〜さん』と呼んで、いきなり懐いてくれた凪沙と違い、潮音にはかなり警戒をされている。

潮音は突然現れた自分の母親と親しげな男を、本能で嫌がっているのかもしれない。

加えて、俺が『おに〜さん』ではないと気づいているからだろうか。

人見知りもしている……と聞いてはいるが、潮音は俺の母親から離れない。

「こうして潮音くんを抱っこしてると、東助の小さい頃を思い出すわ。凪沙ちゃんは、万里花ちゃんに雰囲気がそっくりね」

「ぼくもそう思った。栗澤先生にいつもしがみついてた、万里花ちゃんそのままだ。万里花ちゃん、こんな可愛い子供たちをありがとう」

父親が万里花にお礼を言う。

「今晩、少しお時間をください。ちゃんとお話しします」

「うん。でも、自分を責めたりはしないでくれな。万里花ちゃんは百点満点だ。悪いのは全部、鈍感で呑気な東助なんだから」

「……父さん。母さんは、俺と父さんはそういうところが、そっくりだって言ってたよ」

くすくす笑いだす万里花。母親も大笑いしていた。

そのあと。めちゃくちゃ名残惜しくも、俺は隊舎の門限に間に合うように実家を出た。

帰りの電車のなかで、すぐにでも隊舎を出て部屋を借りようと決めた。

やはり栃木から万里花たちを呼ぶには、広い部屋がいい。だが……と思い留まる。

子供たちはきっと急な引っ越しに戸惑うだろう。

「焦っちゃだめだ、焦っちゃ……」

それならば、まずは俺が隊舎を出る。それから栃木に通うために車を買い、子供たちが慣れてくれるまで通い倒す。

そうして懐いてくれた頃、万里花にこっちへ戻ってこられないか話をして……。いや、万里花にだって栃木で築いた人間関係や仕事があるはずだし、一緒に住むところは焦らず話し合って決めたほうがいい。

万里花たちに求めてばかりじゃだめだ。

奇跡的な今日一日のことを胸に刻み、焦らない、求めすぎないと強く誓った。

隊舎に帰り、すぐ仲本に今日のことをすべて伝えた。

仲本は涙を滲ませて喜び、「呉の川瀬さんにも連絡してあげて」と言ってくれた。


翌朝の日曜日。隊舎を一番に飛び出し、実家へと向かった。

玄関へ入ると子供たちがバタバタと走ってきたが、俺の顔を見ると潮音は泣き叫びながら戻っていった。

その潮音を抱きながら、万里花が出迎えてくれる。

「やだーっ！　あーっ！」

「潮音がごめんね、おはよう」

潮音は叫びながらも、しっかりと俺を目でとらえている。

「潮音、おはよう」

「やーっ！」

「おに～さん、おはよう！」

「凪沙、おはよう。抱き上げてもいい？」

「いーよー」

ひょいっと凪沙を抱き上げると、「あっちいこう」とリビングを指さす。

「昨日、おじさんがふたりにお部屋をあちこち見せてくれたの。そうしたら、すっかり我が家みたいな感じになっちゃって」

「いいよ。これから何度も来ることになるんだから、慣れてくれて嬉しい」

「凪沙ったら、朝の五時から起きてるんだから。おじさんとおばさんもそれに付き合って起きてくれて……申し訳なくて」

リビングに行くと、両親揃って「孫、可愛い」という雰囲気がだだもれていた。

昨日、万里花と両親でなにを話したかはあとで聞いてみようと思う。

「東助、今日は運転頼んだわよ。安全運転でね、必ずよ！」

「わかってる、大丈夫。急かしてごめんなんだけど、そろそろ出発してもいい？」

「うん。最初の予定でも、このくらいの時間に出るつもりだったの。今日はよろしくお願いします」

大きな荷物は、昨夜降ろしたものを今朝、また父親が積んでくれていた。母親は何度も子供たちを抱き締めて、これからはたくさん遊びにきてねと伝えている。

いつ買いにいったのか、段ボール箱にお菓子や野菜などが詰められたものを万里花に持っていってねと言っている。

父親からはこっそりと、帰りながら万里花や子供たちにご飯を食べさせ、栃木で車のガソリンを満タンにし、必要ならなにか買ってあげてほしいと言って三万円を渡された。

「……、ありがとう」

「ぼくはお母さんみたいに気がきいた言葉も、お土産も持たせられないから。ちゃんと三人を無事に送ってくれよ」

そう言って、父親は俺の背中を軽く叩いた。

玄関へ出ると、万里花は両親に頭を下げた。

「お世話になりました、ありがとうございます……っ」

母親は万里花を抱き寄せる。

「これからも、どんどん頼ってね。なにかあったらすぐに連絡して、お父さんと飛んでいくから。必ずよ」

「はい、連絡します」

お互いに涙を浮かべて、笑い合った。

子供ふたりを、慣れた手つきで万里花がチャイルドシートへ乗せていく。

運転席へ乗り込むと、すぐに万里花も助手席へ乗った。

「えっ、おに～さんもいっしょ？」

『おに～さん』……凪沙にそう呼ばれて胸が痛んだが、子供にはまったく罪はない。

悪いのは俺だ。

ぐっとモヤる気持ちを抑える。早く奴の正体を万里花に聞かなければ。

バタバタして聞きそびれたままだ。

「うん。帰りは俺が運転するからね」

「いや～～っ！」

「ごめんな、潮音。帰りにソフトクリームでも食べようか。お土産も見てみよう」

「……そふとくりーむ……？」

「そう。ソフトクリーム。潮音は好きかな？」

潮音の機嫌が、少しだけ持ち直したようだ。「なぎちゃんも、すきー！」そう言って凪沙が満面の笑みをして手を上げる。

「では、出発しよう」

窓を全開にすると、万里花や子供たちは両親に思いきり手を振る。

両親も、子供みたいにぶんぶんと大きく手を振っていた。

両親の姿が見えなくなり、窓を閉める。

「……では、栃木までの帰り道で、東助には履修《りしゅう》してもらいたいことがあります」

万里花が、あらたまった声で言う。

「なに、どうした？」

「これだよ」

鞄からスマホを取り出し万里花が操作すると、カーオーディオから音楽が流れだす。

『みんな～！　うたのおに～さんだよ～！』

「……あっ！」

後部座席から、凪沙が「きゃー！」と歓声を上げる。

「これは……」

「凪沙と潮音、そして世のなかのお母さんたちがいま虜《とりこ》になっている〝うたのおに～さん〟だよ。これ覚えてうたえたら、子供たちがすごい喜ぶよ」

バックミラーで確認すると、さっきまで泣いていた潮音が歌を聴いてにこにこしながら体を動かしている。

凪沙に至っては、ノリノリだ。

「……もしかして、凪沙が言ってる『おに～さん』って、この？」

「そうだよ、雰囲気とかすごく東助に似てるの！　見たらびっくりすると思うよ」

万里花の説明に、どっと全身の力が抜けた。そして直後、とてつもない安堵感に包まれた。

そうか。子供たちは『おに～さん』が好きなんだな。

そんな姿を見せられたら、やるしかないじゃないか。

「……わかった。完璧に覚えて、俺は〝うたのおに～さん〟になる……！」

高速を乗り継ぎ、栃木までの約三時間。

車内ではひたすら、おに～さんの歌が流れた。

そして俺は最後には熱唱し、凪沙が興奮して大笑いするほど履修させてもらった。

五章

あの日。東助は友人から私を見かけたと聞き、父の遺骨を納めたお寺の場所を聞こうと実家へ帰ってきたのだと教えてくれた。

他人の空似、見間違いの可能性もあったのに、東助は隊舎を飛び出し実家までやってきた。

後ろから突然抱き締められた時は、本当に驚いた。

初夏の街をきっと急いで駆けてきたんだろうというのは、熱がこもったたくましい腕から伝わる熱で理解した。

――本当に、東助は私を真剣に捜してくれていた。

私は東助の顔も見ないまま、ぼろぼろと涙を流した。

あれから、週末のたびに東助は外泊許可を貰い、うちにやってきてくれる。

子供たちを一番に考えてほしい。そう願う私の気持ちを最優先して、夜はひとりで街のビジネスホテルへ泊まってくれる。

潮音がまだ、東助に慣れていないのだ。

顔を見れば泣きだし、私にひっつき虫になる。東助から歩み寄ろうとしても、断固拒否の姿勢だ。

私はものすごい人見知りだったので、潮音の気持ちがよくわかる。慣れた人とだけで、静かに狭く暮らしたいという願望が強いのだ。

そこに入りこもうとしたり、引っかき回したりする人は、全員が敵だと思った。

だから私は知らない子ばかりの保育園が大嫌いで、父の書斎の片隅で一日静かにお人形遊びに興じるのが一番好きだった。

父が仕事で外出するため、どうしても保育園へ行かなければいけない時などは、一日中泣き暮らし給食も拒否していた。

しまいには園長先生の部屋へ連れていかれ、机の下に潜って父のお迎えを待った。

成長していくにつれて諦めることを覚え、人見知りは軽減していった。

けれど遺伝というかたちなのか、いまは潮音が人見知りを発動している。

ただ、なんとなくだけど、ちょっとしたきっかけさえあれば慣れていくんじゃないかと思っている。

おばさんに潮音がはじめから人見知りをしなかったように、なにかがあれば。

だけど焦っちゃだめだ。潮音の一番の味方は私で、絶対に裏切ってはいけない。そのことについても、東助はよく話を聞いてくれている。あんなに拒否されて傷ついていないわけないのに、東助はいつか潮音が慣れてくれるまでと、適度な距離を保っていてくれる。

そんな東助のことを大好きなのが、凪沙だ。

凪沙は完全に東助を〝うたのおに～さん〟だと思い込んでいる。

おに～さんと東助は、やっぱり全体的な雰囲気がよく似ている。

子ども劇団での経験が生きているのか、東助はさらに子供番組を観て学習し、歌と踊りを完璧にマスターした。

誰かを演じることが好きだと言っていた東助は、凪沙の前では時々、おに～さんになる。

しかし東助が来るたびに凝視し、その一挙手一投足を見逃さない潮音は、東助がおに～さんではないことを感じ取っている様子だ。

暑い夏が終わり、秋の気配があちこちに見え隠れしはじめた。

週末、東助は実家から車を借りてやってくる。おじさんとおばさんからのお土産をたくさん持ってきてくれるので、双子は週末になるとそわそわしはじめる。

「ねえ、おに～さんくる？」

「車が壊れなければ、来てくれると思うよ」

国防を仕事としているので、絶対に来られるとは限らない。実際、一度だめになってしまった週末もあった。

東助の職場について説明するのはまだ難しく、仕事の都合で来られない時などは「車が壊れた」と言うようにした。

春に、うちの車のバッテリーが上がってしまい、動かなくなったことがあった。その際、業者に来てもらっていろいろと大変だったのを、双子は見ている。なので車が壊れると、会いにこられないというのはわかるようで、私は角が立たないようそう伝えるようにしている。

今朝は【いまから向かいます】と東助からメッセージがあった。

順調なら、お昼前には着くだろう。

東助が来る予定の日、凪沙はベランダのサッシを開けてほしいと言ってくる。

ベランダは駐車場側に面していて、車が出入りするたびに音がするので開けてほしいというのだ。

凪沙や潮音の身長では、ベランダから外は見えない。

うちは一階の部屋なので、ベランダからなにかの弾みで外に出てしまわないよう防止するために、原則ベランダへ子供だけで出ることを禁止している。

それを東助に相談すると、サッシの枠を測り、ホームセンターへ行ったかと思うとてきぱきと網戸を設置してくれた。

私も双子も、とても驚いた。

亡くなった父は不器用な人だったから、なにかを測り設置するなんて場面は見たことがなかった。

いままで、私はなんでも自分でやってきた。脚立を出して電球を替えたり、家具も簡単な組み立てなら、四苦八苦しながらもひとりでやったりした。

双子が手を出したがり、ちょっとしたカラーボックスを作るのに二日かかったこともある。

網戸が欲しいとは思っていたが、双子を連れホームセンターへ行って……と考えると、先送りになってしまっていた。

それを、東助は魔法のように短時間でこなす。

『艦でいったん海に出たら、なんでも自分でやんなきゃだから』と笑っていたが、潮音が少し遠目ではあるもののその手元を熱心に見ていたのには、照れていた。

そんなわけで、網戸のおかげでサッシを開けていても私の心配は軽減された。開けてほしいと言われ、「網戸に触ってはだめだよ」と約束させた。

東助は念のため、網戸が開かないようにチャイルドロックまでつけてくれた。

……ただ、最近少し心配なことがアパート周辺に起きた。

うちのアパートは六世帯が入るもので、一階に三世帯、二階に三世帯になっている。

周りにはあまり民家がない場所に建っていて、自然が多く私はとてもこの環境を気に入っている。

犯罪なんてあまり聞かない、イノシシが出てパトカーが出動するような長閑《のどか》な場所だけど……部屋を覗く変質者が出没しているとチラシが入った。

なんでも、アパートからほんの少し離れた民家で、昼間にもかかわらず換気のために開けた窓から見知らぬ人が室内を覗き込んでいたというのだ。

見知らぬ人が部屋を覗いている。想像したら、ぞわっとする。

その人がベランダを乗り越えてきたら？なんて考えると、夜中寝ていても外が気になってしまう。

大家の市川さんも、早速対策に乗り出してくれた。東京に住む息子さんたちのアドバイスがあり、人感センサーと、防犯カメラが駐車場側に設置された。

防犯カメラは通信で外部に録画されるタイプで、カメラ自体を壊されてもデータが残る。人感センサーは猫などが通ってたまに夜中に光ったりするが、きちんと作動していることに安心した。

双子には、どう話をしていいか悩んだ。

とにかく、もし知らない人がベランダの外にいたら静かにママのところに来て知らせてほしい。そう伝えると、「わかった」とふたりとも返事をしてくれた。

洗濯物が秋の匂いを含んだ風に吹かれて揺れている。部屋のなかにもいい風が入る。

凪沙は網戸の前に好きなぬいぐるみを並べ、いつの間にか着せ替え遊びに夢中になっていた。

潮音はおばさんがプレゼントしてくれた、猫の写真がたくさん載った雑誌を熱心に眺めている。

そして時々「うちにねこがいたら……」なんて呟いたりしている。

私は昨日保育園から配られたお便りを読みながら、園に預けてあるお着替えストックの衣替えのタイミングに頭を悩ましていた。

珍しく、静かな午前中だ。

買い物に出るのか、駐車場からは住人家族の声がしている。そうして、車に乗り込み出ていった。

野鳥がさえずる声が響く。のんびりとした時間が流れていく。

そろそろ、東助が来るかな？と思ったタイミングで駐車場に車が入ってきた。しばらくして、玄関のチャイムが鳴る。

いつもなら飛んでいく凪沙は、お人形遊びの世界に没頭しすぎてチャイムが聞こえなかったらしい。

潮音は、はっと顔を上げて身構えている。そんな潮音の頭を撫でる。

「今日も、ママはそばにいるからね」

「……うん」

以前だったら、チャイムが鳴っただけでテーブルの下へ潜ってしまう日もあった。あれから比べたら、多少は慣れてはきたんだろうか。でも、焦りは禁物だ。潮音のペースでいくと決めたのだ。

「じゃあママ、お迎えに出てくるね」

そう言って潮音を抱き締めたあと、ひとりで玄関へ向かった。

東助は、今回もたくさんのお土産を抱えていた。

「いらっしゃい。運転疲れなかった？」

「ううん、運転は好きだし……あれ、子供たちは？」

「今日は遊びに夢中みたい」

今回も段ボール箱にお野菜やお菓子、潮音が気に入ったハンドソープ。それに衣料品店の袋もある。

「わ、もしかして子供服かな？」

「母さんが父さんを連れて、張りきって買いにいったみたいだ」

「嬉しいな、ちょうど衣替えのことを考えてたとこなの」

玄関で東助とあれこれ話をしているところに、潮音がバタバタと走ってやってきた。

これは相当珍しい。東助は安易に声をかけても良いのかと戸惑っている。

「どうしたの、様子を見にきてくれたのかな？」

潮音は自分のTシャツの裾をぎゅっと握り……私ではなく東助を見上げた。

「……あ、あのね」

東助は、狭い玄関のなかでゆっくりと大きな体を小さくしてしゃがみ込み、潮音と目線を合わせた。

「潮音、お出迎えありがとう」

「……ん」

潮音の頭を東助が撫でると、潮音はぼろぼろと涙を流した。

「あ、あの、なぎちゃんが……おに……さん……たすけて」

大きな瞳をまっすぐ東助に向けて、潮音が「助けて」と言った。

私より先に、ぐんっとすごい勢いで室内に走って入っていったのは東助だ。

わあっとその場で泣きだす潮音を抱えて私もあとを追うと、網戸が開いていて……。

風で揺れる洗濯物の間から、真っ黒に日に焼けた腕が、ベランダに立つ凪沙に伸びているのが見えた。

「凪沙っ！」

東助の大きな声に、驚いた凪沙がその場で尻もちをついた。黒い手はすぐに引っ込められ、東助は怯《ひる》まず走りだし、洗濯物をかき分けてひらりとベランダを飛び越えていく。

「ま、ママ、ママーっ！」

凪沙がわあっと泣きだす。私は潮音を抱えたまま凪沙をベランダからリビングへ連れていき、強くつよく抱き締めた。

私の体は、がたがた震えている。

日常の風景に突然、恐怖が現れた。

もし、潮音が東助を呼びにきてくれなかったら。

もし、東助が潮音の助けてのサインに気づけなかったら。

もし、もう少しベランダへ向かうのが遅れていたら……。

――凪沙はあの、真っ黒な腕の持ち主に連れていかれていたかもしれない。

凪沙を失うかもしれなかった事態に、私はふたりを強く抱き締めることしかできなかった。

十分もかからないうちに、何台ものパトカーがやってきた。

しばらくしてうちのチャイムが鳴り、東助の姿を見た時には三人で抱きついて大泣きしてしまった。

東助はすぐに、まず凪沙の危機を知らせてくれた潮音を褒めた。

しゃがんで、目線を合わせる。

「潮音、よく凪沙を守った。潮音が知らせてくれたから、凪沙は無事だったんだ」

潮音は顔をくちゃくちゃにしながら、東助に黙って抱きついた。

東助は潮音を抱っこしながら、今度は凪沙に語りかける。

「凪沙、よく無事だった。本当に良かった……っ」

凪沙もまた、東助に抱きつく。

私は自分の防犯意識の低さと、震えることしかできなかったことにショックを受けてしまった。

警官と市川さんも来てくれ、特に市川さんはとても心配してくれた。

「ごめんね、怖い思いをさせてしまったね」

「市川さんは悪くないです……！」

「双子ちゃんのパパがね、犯人を追いかけて捕まえてくれたの。騒ぎが聞こえてベランダに出てみたら、ちょうど犯人を捕まえて地べたにしっかり押さえつけていて。慌てて通報したの」

市川さんは、はあっと息を吐いて身震いする。そうして、東助に頭を下げる。

「本当にありがとうございました」

双子を抱いたまま、東助は「当たり前のことをしたまでです」と頼もしい声で返していた。

「あっという間に捕まえてね。まったく力負けなんてしていなくて、犯人は逃げられなくて。こんな時に不謹慎かもしれないけれど、まるで双子ちゃんのパパが主人公のドラマを観ているみたいだったわ」

市川さんはそう言って、再び東助にお礼を伝えていた。

聞いただけの話だが、うちのベランダの外にいた人物は、この辺りに暮らす人ではなかったようだ。

この辺りで見知らぬ人がうろついていたら、とても目立つ。東助がここに私たちを送りに来て一番にしたのは、ご近所への挨拶だった。まずは大家さんに手土産を持っていき、アパートの住人にも自分は栗澤家の知り合いで、今後は頻繁に顔を出すことになるのでよろしくお願いしますと話をしていた。

双子を知っている住人のみなさんは、東助の顔を見てすべてを察してくれたようだった。

そんな市川さんやご近所さんともども、警官に状況を聞かれたり、現場検証が行われたりして、ほっと息がつけたのは夕方を過ぎてからだった。

双子はあれから、東助のそばを離れない。あれだけ東助を避けていた潮音も、夕方になり東助が帰ることを嫌がっている。

「いて……いっしょにいよ？」

一生懸命、東助に訴えている。夕食も用意したが、あまり食べられないようだった。

ベランダを怖がり、近づかない。

私も、本当はとても怖い。もしあの人物がまたいつか戻ってきたら……なんて考えてしまう。

「東助……あの、もし良かったら今夜はホテルじゃなくて、うちに泊まってほしい」

そうお願いすると、東助もそうしたいと言ってくれた。

東助が今夜泊まる。双子はそれを聞き、明るく「きゃ～」と言い合う。

「動画配信で、おに～さんの振りつけも完璧に覚えてきたから、披露しようかな」

明るい話題を振ってくれたおかげで、沈んでいた空気が浮上する。

「ママー！　ママは、ヤンパッパね！」

ヤンパッパとは、子供番組でおに～さんおね～さんの横に佇む謎の生き物だ。

灰色の丸いボディに、短い手足。ボディ全体に目や口のようなものが配置されたキャラクターである。

明らかにキモカワ枠、短い手足を必死にバタバタさせ、おに～さんやおね～さんのそばにいる。

ネットでも話題になり有識者が調べたところ、ヤンパッパのモデルは駿府城《すんぷじょう》に徳《とく》川家康《がわいえやす》が在城していた時、庭に現れた〝肉人《にくじん》〟という妖怪だとわかった。

後日、番組の公式サイトでは【ヤンパッパは有名な妖怪の末裔《まつえい》で、友達をたくさん作るために現れた】とプロフィールが追加されていた。

なんだか憎めないヤツだけど、おね～さんではなくてヤンパッパをやれと言われると微妙な気持ちになってしまう。

「ママ、かわいいからヤンパッパがいいよ」

潮音からのフォローを貰ったら、「ママは、おね～さんがいい」なんて言えなくなる。

「わかった、私がヤンパッパをやる。みんなで踊ろう！　そうしたら、お風呂に入るんだよ？」

わかったー！という声を聞きながら、私はすぐにお風呂の用意をはじめた。

もう夜だから、叫んだりするのはだめ。

大きな声もだめだと双子と約束をする。

「ダンス勝負だな、かっこいいところ見せないと」

「私も負けないからね、ヤンパッパだけど頑張る」

テーブルを端に寄せてスペースを作り、録画してある子供番組を流す。双子はテンションが上がっているのか、まだはじまっていないのに大笑いして床に転げてしまった。

曲がはじまり、東助が機敏に踊りだす。

シャキシャキ踊る様子を笑って見ていた双子たちの眼差しが、そのうち尊敬に変わっていく。

なんだかわからないけれど、レベルの高いものを見せられている……といった感じだ。

ぱたぱた踊る私のことなんて、東助がたまにちらっと見るだけで双子の眼中にはまったくない。

可愛いと言ってくれた潮音も、東助だけを見ている。

東助は双子の手を取り、一緒に踊ろうと誘う。ふたりは東助の周りで、くるくる回ったりジャンプしたりと、自分もまるで東助のように踊っているように振る舞う。

すごく楽しい様子に、私もヤンパッパを真剣にやろうと頑張った。

三曲を真剣に踊ると、心地良い疲労感でくたびれる。私は四人分の飲みものを用意し、「お疲れ様ー！」と振る舞った。

頭を汗でびっしょりにして、凪沙も潮音もにこにこしている。さっきまでの怯《おび》えていた気持ちは、薄れてきているようだ。

「じゃあ、お風呂に入っちゃおうか」

そう言って、ふと考えた。いつもなら三人でいっぺんにお風呂に入る。脱衣所で双子たちを軽く拭き上げると、いつもリビングへ逃げられてしまう。だから私も下着とタンクトップだけを身につけ、髪にタオルを巻いてすぐさまあとを追っている。

しかし、今日はどうしよう。リビングに逃げた双子を東助にお願いする？　いきなりお世話を任せてしまってもいいんだろうか。

「みんなで、いっしょにはいろ～」

「ぷーるみたいで、たのしそう」

それがいいと顔を見合わせ、双子はリビングでぽいぽいと服を脱ぎだしてしまった。

双子はお互いが時に最高の理解者なのか、私の意見はお構いなしでことを進めてしまう場合が多々ある。

しかしせっかく元気になったふたりの気分に水を差して盛り下げたくはない。

怖かったことは、早く忘れてほしい。

このアパートはファミリー向けを売りにしているだけあり、浴室が広い。洗い場のスペースも、湯船の大きさも充分にある。

双子はまだ二歳なので、四人同時に入れそうではあるのだが……。

「あっ、だめだよ。ふたりだけでお風呂に行っちゃだめ……って全然聞いてない！」

「俺、どうしたらいい？」

東助も額に汗を浮かべて、困惑気味に私に聞いてきた。

「……東助、自分の着替え持ってきた？　すぐ出せる？」

「うん」

「じゃあ、今日だけみんなでお風呂に入ろう。私は覚悟を決めたから……！」

お風呂で待っていると言い残し、急いで双子を追いかけた。

東助が来る前に、双子の体と自分の体を秒速で洗う。湯船に浸かったタイミングで、半透明の扉の向こうから東助に声をかけられた。

「入ってもいいかな……いい？」

「どーぞー」なんて、凪沙が答える。

ガラッと扉が開く。私は凝視しちゃいけないと思い目をそらしたのに、双子は東助の姿をめちゃくちゃ見ているらしい。

「すごーい！　おなかが、ぱんみたい！」

「ぱん！」

お腹がパンって、どうゆうこと？

「あの、パンってなに？」

「……万里花も見て確かめたらいいよ」

東助の声が、浴室に響く。

ものすごく気になって、ドキドキしながらちらっと東助に視線を移した。

そこには、細マッチョのバッキバキの腹筋が浮き出ていた。まるでギリシャ彫刻みたいな体の仕上がりに、ちらっどころかがっつり見てしまった。

「ママはふわふわぱん」

「ママはねー、そうだね」

凪沙と潮音の、無邪気な表現と冷静なジャッジ。私のお腹はふわふわ……、思わず湯船のなかで自分のお腹の肉をつまむ。

双子が、私以外の裸を見たのははじめてだ。しかも男性、普段見ないものに興味津々で。

湯船からバタバタと出て、体を洗いはじめた東助にまとわりついている。

「ごめんね、双子たちは男の人の裸を見るのがはじめてで」

私が謝ると東助はひょいっと潮音を持ち上げ、お風呂椅子に座った股の間に立たせた。

「子供たち、髪はまだ洗ってないよね？」

「あ、うん」

「では、僭越《せんえつ》ながら俺が……じゃあいまからお湯をかけるから、潮音は目を閉じて～」

そう言いながら、背中にぴたりと凪沙がひっついたまま、潮音の頭をがしがし手早く洗っていく。

潮音もその勢いにのせられて、熱いとか目に水が入ったなんて言わず身を任せている。

「つよい、ちからが～」

わはは、なんて潮音が笑う。倒置法で感想を伝えるなんてと、私はおかしくてちょっと笑ってしまった。

凪沙は早く自分も洗ってほしくて、東助から離れない。

泡だらけの潮音をお湯で綺麗にして、位置を凪沙と取り替えた。

細い髪の凪沙の頭は、ゆっくり丁寧に洗っている。

「潮音、俺の背中洗ってくれる？」

潮音は喜んで、ボディソープを三回もプッシュしたタオルで東助の背中をごしごしとはじめた。

東助は凪沙の髪を洗い終わると、自分の頭を差し出して凪沙に洗わせる。容赦なく泡立てる凪沙に文句ひとつ言わず、最後はお礼を言ってくれた。

その様子と、それを眺める私。これが家族団欒《だんらん》なのだと思ったら、涙が出そうになってしまった。

「子供たちの着替えって、脱衣所にセットしてあるやつ？」

「あ、うん。洗濯機の上にバスタオルと一緒になってるの」

「わかった。じゃあ、このままふたりは俺が出しちゃうから、万里花はゆっくり入ってて」

「えっ」

東助は自分と双子揃ってもう一度お湯をまんべんなくかぶり、「じゃ、出よう！」と言って浴室から出ていってしまった。

くもりガラスの向こうで、東助がふたりの体を順番にしっかり拭いてくれている様子が伝わってくる。

「みて～、おしりあおいの」

「しおちゃんも。あかちゃんはあおいんだって。おに～さんは？」

双子が東助に尻を見せろと迫っている。観念した東助は、後ろを向いてお尻を見せたようだ。

「……見えた？」

「しかくいね」

凪沙の返事に、東助が笑っている。

「ねるときは、おしっこしちゃうからこのパンツはくんだよ」

「紙パンツか、いいね」

「ここにおしっこしちゃってもいいんだよ」

してもいいんだけど、トイレに行ける時は自己申告して行ってほしいのが正直な気持ちだ。

そのうちに、三人は脱衣所から出ていった。と思ったら、パンツ一枚の東助だけがすぐに戻ってきた。

手には、薬用入浴剤が握られている。

「わっ、どうしたの」

「コンビニで買ったの、使って。ゆっくりお風呂に浸かって、疲れを取ってね」

突然ちゅっと私にキスをし、手に入浴剤を握らせると風のように浴室から出ていった。

私はヘナヘナと、入浴剤を握ったまま力が抜けてしまった。

お言葉に甘えて、本当に久しぶりにゆっくりとお風呂に入らせてもらった。

いつもはリンスインシャンプーで済ますところを、今日はトリートメントまでしてしまった。

リビングでは、双子は東助にお茶をついでもらい水分補給をしていた。

すでに目がとろとろで、いまにもつむってしまいそうだ。

今日はいろんなことがあったけれど、東助のおかげで怖い思いを夜まで引きずらなくて済んだ。

特に双子は、楽しい気持ちで眠れそうだ。

「……寝室に連れていくの、手伝ってもらってもいい？」

「抱っこしちゃおうか」

「いけそう？」

双子を一緒に抱き上げてくれたので、私は寝室に使っている薄暗くした部屋の扉を開けた。

ダブルサイズのお布団に、双子を下ろす。

「おに～さんもねよう」

もうほぼ目が閉じかけている凪沙が、東助の服を掴む。

双子を真ん中にして、四人で布団に入る。いつもより狭いのが面白いらしく笑っていたが、そのうちに静かになり、とうとう今夜はそのまま眠ってしまった。

ふたつの小さな寝息が重なって聞こえる。

「……寝たみたい。こんなに早く寝ついたのは久しぶりで、びっくりしちゃった」

こそりと、声にする。

「……子供たちは、夜中に起きたりしないの？」

「体力が余ってる時はたまに目を覚ましちゃうんだけど、今日はみんなで踊ったのが良かったみたい」

四人で踊り、みんなでお風呂に入った。昼間は怖い思いをしてしまったが、楽しいことで上塗りされただろう。

全部、東助のおかげだ。

「……起きて、少し話をしない？　お酒はないけど、双子には秘密のお高いアイスをご馳走するよ」

「ちょうど、甘いものが食べたかったんだ」

そろり、そろりと布団を脱出するために同時に身を起こす。

双子はぐっすり眠っていて、起きる気配はない。

「凪沙も潮音も……ぐっすり眠る時はこんな顔をしてるんだな」

凪沙の長いまつ毛がぴくっと動く。

「おでこがまる出しで、可愛いよね」

ふふっと笑い合い、そうっと抜け出した。

リビングで東助にスプーンを手渡し、アイスをふたつ見せる。

「バニラと苺、どっちがいい？」

「先に、万里花が好きなのを選んで。俺は残ったほうで」

「じゃあ、半分こにしよ」

なんだか気恥ずかしくなってきたのを隠したくて、わざとふざけたふりをして東助の隣に座る。

アイスをひと口すくって、東助の口元に運ぶ。

「あーん」

東助はぱくっと、アイスを食べた。それからすぐに、お返しとばかりに私にも食べさせてくれた。

久しぶりの、ゆっくりとしたふたりきりの時間。三年前とはたくさんのことが違っているのに、いまだけは昔に戻ったみたい。

私は素直に甘えるようにして、東助に寄りかかった。

「お昼のことも、お風呂のことも、本当にありがとう。東助がいなかったらって想像したら、すごく怖くなっちゃった」

大きな手が私の肩を抱いたと思ったら、ひょいっと膝に横抱きにされてしまった。

心臓は爆発しそうにドキドキしているし、恥ずかしい。だけどそれを上回る嬉しさでいっぱいになる。

ひとりですべてをどうにかしなくちゃと考えながら生活をしていたから、変わらない東助の優しさや、私を甘やかそうとしてくれる行動に胸が高鳴る。

「……今日、偶然だとしても、あの場に居合わせられて良かった。俺はいないことのほうが圧倒的に多いし、すぐにはここに駆けつけられないから……」

東助が私の首元に、ぐりぐりと頭を押しつけてくる。

もし今日、東助が来られない日だったら。結果はどうあれ東助はものすごく後悔して、自分を責めるのだろうと安易に想像ができた。

ただでさえ、東助は毎週末無理をして栃木まで来てくれている。

それは、私が双子に急激な環境変化で戸惑ってほしくない、双子の気持ちを優先したいと言ったからだ。

東助は、それを最優先にしてくれている。

「東助は潮音の『助けて』っていうサインにすぐ気づいてくれたじゃない？　潮音にとってあれはすごく勇気がいったことで、それを東助が察知して凪沙を助けてくれたの……あの子にとって、大きな自信になったと思うんだ」

「潮音は、観察力がすごいよ。きっと、たまたまチャイルドロックが外れていたところに、ベランダの外から音がしたか、声をかけられたんだろう。不思議に思った凪沙が確認しようと網戸を開けてうっかり出てしまって……潮音はそれを見ていて、異変を知らせにきてくれたんだろうな」

潮音が必死だったのが、時間が経つほどにわかる。

ぎゅっと不安げにTシャツの裾を握っていた小さな手を、私は一生忘れない。

「あの時に潮音が私じゃなくて、東助に助けを求めたのは……東助ならきっと助けてくれるって思ったんだね」

その選択に間違いはなかった。

「俺さ、潮音が頼ってくれて嬉しかった。抱きついてくれた時、じわーって涙が出そうになったんだ」

「潮音も、もう東助に人見知りはしないと思う。頼りにしていいんだってわかったはず……だから」

私は東助に抱きつく。手の熱がアイスのカップに伝わって溶かしてしまっているけれど、構わない。

「万里花……？」

「私たち、神奈川に帰ろうって考えてる」

抱きついた東助から、嬉しい気持ちが伝わってくる。東助は私からアイスとスプーンを取り上げて自分のアイスと一緒にテーブルに置いた。

強く東助から抱き締め返されて、決断を口にして良かったと心から思えた。

「本当に、帰ってきてくれる？」

「うん。潮音も大丈夫そうだし、今回あんなことがあったからね。双子たちも、すぐ東助に会えるほうが安心するだろうし……私もだけど」

最後の言葉は勇気がいったけれど、本当の気持ちだ。

「万里花、大好きだよ。俺も万里花と子供たちと、一緒にいたい」

「私も……」

軽い口づけが、次第に深いものに変わっていく。さっきまで食べていた甘いバニラと苺が、ふたりの舌の上で混ざり合う。

「……これ以上すると、歯止めがきかなくなる。一緒に風呂に入った瞬間から、もうだめだったから……」

たしかにいま、私のお尻の下でなにか硬いものが当たっている。

「勃起しないように、風呂ではなるべく万里花を見ないようにしてたんだ」

「ええっ、腹筋見せてきたよね」

「あの時は、頭のなかで仕事のことを考えて、気をまぎらわせてた」

東助はいろんなことを考えて、強い意志をもってどうにか一緒にお風呂に入ってくれたのか。

その気持ちがとても健気で紳士的に思えて、ますます大好きな気持ちを抑えられなくなってきた。

「私も、意識しなかったわけじゃないよ。それにいまだって心臓がドキドキしてる……触って確かめてみて」

「……ああー……万里花が可愛くて、下半身が爆発しそう」

大きな東助の手が、ゆっくり傷つけないようにと遠慮しながら私を背中からまさぐる。

その優しさに身を委《ゆだ》ね、じりじりと焦らされながら、東助の理性が焼ききれる瞬間を待った。


翌日。朝食を賑やかに囲みながら、私は凪沙と潮音に大切なことを伝えた。

「驚くかと思うんだけど、実は東助は凪沙と潮音のパパです」

凪沙と潮音は目をまるくして、顔を見合わせた。東助はもっと驚いている。いま伝えることは、話していなかったからだ。

でも私は、いまがタイミングだと強く思ったのだ。大丈夫だと、四人でいる時の空気感みたいなものが、そう言っていた。

「パパって、おとうさんのこと？」

「そう。事情があって離れて暮らしてたし、ふたりには話してなかったよね」

「なぎちゃんとしおちゃん、おとうさんいたの～!?」

凪沙は明らかに興奮して、椅子から立ち上がってしまった。

「実はいたんだよ～。ね、東助？」

東助は双子の反応がどうくるか、心配するような表情を浮かべた。

「うん。俺は、凪沙と潮音のお父さんです」

「じゃあ、パパっていっていいの？」

「パパ！」「パパっ」と、双子の大合唱だ。

凪沙と潮音は、自分に父親という存在がいたことをとても喜んでいる。パパと呼び、それが本当かどうか東助の様子を見て、確認しているみたいだ。

双子たちが「パパ」と呼ぶたびに、鼻を赤くした東助が「なあに」と答える。

「うれしくって、よぶのがとまらない！」なんて言って、双子は「パパ」といつまでも呼び続けていた。

自分たちには、パパがいる。

そう自覚したふたりは、今度は東助への激しい後追いをはじめた。とにかく東助にべったりで、隙あらば「パパ」と呼んで東助を嬉し泣きさせている。

しかし、東助は帰らなければならない。

双子は今生の別れかと思うくらい東助にしがみついて泣き、私は神奈川に転居するのを早めないといけないと強く思った。

戻ると決めたら、あっちで暮らす家を探さないといけない。

条件は、ここを探した時と同じ。子供が多少騒いでも大丈夫そうな物件だ。

それに、今回はセキュリティー面もしっかりしたところがいいと東助と話し合った。

おじさんとおばさんには、東助から報告してくれた。ふたりは物件探しの時でも、いつでも双子を預かると言ってくれているらしい。

東助もこのタイミングで隊舎を出ると言っていて、そうなると婚姻届を出すということも頭をよぎる。

私たちは同じことを考えていたのか、神奈川に引っ越してから家族になるための段階を進めようと決めた。

あの事件があってから、大家の市川さんはさらにまめにうちの様子を心配してくれるようになった。

アパート経営をしていたご主人を早くに亡くされ、そのまま物件を相続し、保育士を辞めたと話してくれた市川さん。

お腹の大きな私の入居を優しく受け入れ、お産の時には自分の車に乗せて、病院にまで連れていってくれた。

いつだって私たち親子を気にかけてくれて。双子は、半分は市川さんに育ててもらったようなものだ。

東助に再会し、いつか結婚するとは市川さんに伝えてあった。

そんな市川さんに、神奈川へ帰り婚姻届を出すと報告をした。

「それが一番いい。せっかく再会できたんだから、そうするのが一番だわ」

「こんなふうに、また会えるなんて思ってもみなかったんです。双子がいれば、それだけでいいって思ってたんですけどね」

「久留見さん、ずっとまりちゃんを捜していたんでしょう？　自分が出産からいままでなにもできなかったからって、わたしに何度もありがとうございますって頭を下げてた。もう離れちゃだめよ」

市川さんは私の手を握って、「絶対よ？」と笑う。

「はい。これからはちゃんと、なんでも話し合いたいと思います」

「でも、もしなにかあったら、いつでも帰ってきていいからね。わたし三人が暮らせるアパート物件なら、いつでも用意できるからね！」

なんて、冗談めかして言ってくれた。私は涙が止まらなくなって、ついには市川さんと抱き合って泣いてしまった。

家族になろうと舵《かじ》をきった私たちだけど、そう簡単には順調にいかない。

まず婚姻届を出すことについて。東助から近いご親戚のご不幸があり、とりあえず少し先に延ばそうと私から提案をした。

ゆっくり家族になろうと決めていたのだから、これは東助も頷いてくれた。

そして目下の大きな問題は、引っ越しである。

妊娠したまま神奈川から栃木へ来た時は、家具のほとんどを処分して身ひとつで引っ越してきたようなものだった。

しかし今回は、ふたりの子供たちがいる。それに加えて子供たちの衣類やそれらを収納したケース、おもちゃ、なんやかんや子供のものがたくさんある。

しかも、子供は成長する。その引っ越し先に、いつまで暮らす？

自衛官幹部である東助は、転属というかたちで日本全国の基地へ行く転勤族だ。

二、三年であちこち行くらしく、家族がついていくパターンと本人だけが単身赴任というかたちで行くパターンがあるのだという。

東助の前ではっきり言えないが、双子の幼児を抱えて全国あちこちについていく勇気がまだもてない。

これは、私のなかでかなり大きな悩みになった。

東助も口にはしないが、だいぶ気にしているようだ。

お互いの腹のうちがわからないから、不安が育つ。

これは、ものすごくだめなパターンだと身をもって知っている。なので東助が来てくれた夜、引っ越し先についての話し合いをした。

双子は就寝し、私たちはリビングでコソコソ話だ。

「自衛官の奥さんになるのは大変だって勉強してわかったけど、私は東助と結婚したいって気持ちは変わらないからね」

大好きだから、と言って東助の頬にちゅっと軽くキスをする。

「俺も万里花と結婚したいって気持ちは変わらない。それに、自衛官を辞めるつもりはないし、これからも誇りをもって続けていくつもり」

東助と私が中学生の頃、地方でたくさんの被害をもたらした大地震があった。

それははるか離れた神奈川まで揺らすもので、連日悲惨な現状を伝えるニュースがテレビに流れていた。

将来の職業の選択肢に〝自衛官〟があった東助は、その場面に釘づけになった。

泥だらけになり、インフラ復帰に励む隊員たち。物資を輸送する大型艦船、ただひたすら、人のために体を動かす人たちに……東助は強く心を打たれたという。

それが決定打となり、東助の進む道は決まったと教えてくれたことがあった。

「正直に話すね。私はまだ双子が小さなうちは、連れて全国あちこちついていくのに自信がない」

「俺も腹を割って話をする。本当は、ついてきてほしいと思ってた。仕事から帰ったら万里花と子供たちの顔も見たいし、できれば一緒にいたいって。でも」

「でも？」

東助はふぅっと、詰めていた息を吐いた。

「頼る人の少ない土地で、双子の育児は大変だ。俺も全力で育児をしたいけど、緊急事態に対応する仕事だから、カバーしきれない場面が多々ある。だったら神奈川で、できれば俺の実家から行き来できる距離で……母さんたちに育児の協力をしてもらえたらと思ってる」

「……私も、それがいまは一番現実的だと感じてる。おばさんたちに協力してもらえたら、本当に助かる」

四人で一緒にいられないのは寂しい。けれど、育児はノリと勢いだけでは到底できるものじゃない。

「あくまでも、いまは、だよね。双子がもっと大きくなったら、今度はパパについていくってなるかもしれないし。そうでなくても、子供の手が離れたら私が東助についいていくよ」

ニッと笑うと、東助は眉を下げて小さく笑う。

「うん、それをすごく楽しみにしてる」

「私も。みんなで頑張ろう」

この話し合いで、方向性は決まった。

その日から、東助の実家に車で行き来できる範囲内で、双子の子育てができる物件探しがはじまった。

夜な夜な、双子が寝たあとに不動産情報をネットで見て回る。

気になる物件をまとめて、東助にURLをつけて送るのが日課になった。

季節はすっかり秋めいて、肌寒く感じる日もあるくらいだ。この辺りは神奈川よりも季節が進むのが少しだけ早い。紅葉した葉が落ちはじめて、吹く風にオレンジや赤の色をつけて道に吹き溜まっている。

双子の身長はまた伸びて、おしゃべりの内容も増えてきている。

どうしてパパはお休みの日にしかいないのか。

それも、来ない日もある。どうして？　どうして？　どうして？

最初から東助に対してフルスロットルだった凪沙と違い、人見知り全開だった潮音は事件を経て東助を信頼し大好きになった。

大好きな東助がどうして毎日いないのかと、質問責めだ。

「そうだよね、できればパパには毎日会いたいよね。なので、引っ越しを考えています。今度は、おじいちゃんとおばあちゃんに会えるようになるよ」

双子の表情がぱあっと明るくなる。言ってしまった以上、仮住まいでもどこか本当に物件を決めなければと、自分の尻を叩いた。

とりあえずは仮住まい。そう視野を広げた私はネットで、あるクラシカルな一軒家を見つけた。

赤い屋根に、白い壁。出窓があり、こぢんまりした古い洋館だった。

マンションやアパートを探していたのに、ぽんっとサイトに出てきたその一軒家。

それがどうにも頭から離れなくなってしまった。

まるで絵本にでも出てきそうな外観で、双子が嬉しがる姿が目に浮かぶ。

庭もあり、参考写真には色とりどりのチューリップがたくさん咲いている一枚があった。

それが強烈に頭に残る。

でも、一軒家。セキュリティーはどうなのだろう。

見つけた一日目は、とりあえず参考写真をすべて見た。

気になって、もう一度サイトを開いた二日目。昔の海外のようなキッチン、タイル貼りのシンクが可愛くて見入ってしまった。

三日目。要修繕とある。古い洋館ならばこれは仕方がないらしい。しかも賃貸ではないうえ、中古物件にしては少々お高かった。

それはもう、ものすごく悩んだ。気持ちはこの洋館に……住みたい。

でもコスパが悪い。賃貸物件探しからまさかいきなり、家を買うなんて考えてもみなかった。

もし暮らすなら最低限、まずは水回りのリフォームはしないといけないかもしれない。

外壁も定期的に塗り直しが必要そうだ。

四日目。私はどうしても気になってしまうと、東助にメッセージを送る。その夜【内見に行ってみよう】と返事があった。

私は翌日、洋館を内見したいと不動産屋に連絡を取った。日にちを決め、東助の実家のおばさんに連絡をして「泊まらせてほしい」と頼む。

おばさんは大歓迎だと言って、とても喜んでくれた。

内見は土曜日だが、金曜日の夜に東助が実家の車で迎えにきてくれた。

内見当日。不動産屋とは現地集合で、双子を連れての内見にした。

待ち合わせの少し前に着くと、感じの良い男性が待っていてくれた。

駐車場つきで、二台の車が停められる。

自分の目で見た洋館は、それはもう素敵なものだった。築年数が経っているので傷みはあるが、それは修繕でカバーできると説明される。

一番の問題点であるセキュリティー面に関しては、この近くに交番があり警察官が常駐しているという。自転車でのパトロールも毎日行われていて、その安心感がこの辺りの土地建物の人気にも繋がっているらしい。

実際に家の前をパトロール中の警察官が通り、双子は喜んで手を振った。警察官は笑顔で返してくれて、一気に安心感が増した。

庭には楓《かえで》の木が植えられ、夕暮れ色をした葉を揺らす。

白い木の扉を開いて家のなかへ入ると、吹き抜けになっていた。玄関の上の部分に小さくステンドグラスを施した箇所があり、外からの光を通して廊下に色を落としている。

「あっ、ママ、みてっ」

「ひかりがおちてる。いちごのいろ、おつきさまのいろ、はっぱのいろ」

落ちた色光を手ですくおうと、双子が廊下で座り込み笑い合う。

その双子の姿を見ていた東助が「買うしかない」と、ぽつりと言う。

私もそれに全力で同意した。

家のなかをすべて見て回り、あらためて購入を決めた。

頭金と細やかな修繕費は私、ローンは東助に決まった。


栃木の職場を早めに退職させてもらい、引っ越しの準備に入った。

双子は「てつだう！」と言いながらもたっぷり邪魔をしていたけれど、自分で準備をしたいという気持ちは大切だ。

その気持ちを優先しつつ、飽きたところで私が素早く荷造りをした。

洋館は一度ハウスクリーニングに入ってもらい、住んでみてから順次修繕をしていくという形におさまった。

保育園にも引っ越しのための退園を伝えた。

ここで手探りで築いた居場所や人間関係を、ひとつずつ手放していく。

これから楽しいことばかりなのに、とてつもなく寂しい気持ちもある。

私は父の遺影を前に、この気持ちを吐き出す。父なら、うまくこの感情を言葉で表せたかもしれないけれど、私にはその才能がさっぱり引き継がれなかったようだ。

「なんだか、寂しいんだよ。でもそう思っちゃったら、東助に悪いよね」

遺影の父は変わらず笑っていた。

バタバタとはじめた引っ越し準備は、なんとか終わった。

引っ越し当日は大きなトラックに、荷物や家電がスピーディーに積み込まれた。

空っぽになった部屋に、三人でお礼を言う。市川さんは最後まで手を振って私たちを見送ってくれた。

新居では、先におばさんに鍵を預けて待ってもらっている。私と双子はトラックを自分の車で追いかけるかたちで、少し遅れてしまったもののなんとか神奈川に帰ることができた。

トラックからは、おばさんの立ち会いで荷物がすべて降ろされていた。

今日からは、東助の実家に泊まらせてもらいつつ暮らせるように整えていく。

新しく買い足したものが結構あったけれど、すべて東助が金銭面でカバーしてくれた。

週末には新たなご近所に、四人で粗品を用意して挨拶に回った。

東助の収入もあり、私は落ち着くまで仕事を急いで探す必要がなくなったので、双子は保育園ではなく今度は幼稚園へと考えている。

ただ、この時期から幼稚園を探しはじめるのは少し遅いので、年中さんからの入園にしようかと思っている。焦らず、ひとつひとつだ。

なんとか生活の基盤が整い、十二月に入った頃に洋館での四人暮らしがスタートした。

そしてほぼ同時に、凪沙と潮音の誕生日を迎えた。

十二月六日、双子の三歳の誕生日だ。

実は誕生日の一ヶ月ほど前から、栃木での引っ越し準備でバタつくなか、私と東助は双子の誕生日をどう祝おうか密かに作戦を練っていた。

＊＊＊

十一月。いまはちょうどクリスマスシーズン突入ということで新しいおもちゃのCMは流れるし、新発売や売れ筋を集めた無料のカラーチラシを綴《と》じた小冊子などを店頭で配っている。

買い物先で双子はそれを喜んで一冊貰い、毎日ふたりでくっつきながら「これみたことある！」「これはすごい」などと活発な意見交換を行っている。

三歳近くなれば、好みや個性が出てくる。

一歳、二歳の誕生日には、ふたりが保育園で特に興味をもっていた絵本やブロックをプレゼントした。

三歳の誕生日プレゼントは、欲しいものをサプライズであげたいと私も東助も思っている。

とにかくふたりの喜ぶ顔が見たい。しかも三歳の誕生日のお祝いは、これまでとは違う。家族みんなで揃って、新居で行えるのだ。

張りきらないでいるほうが無理がある。

今回のお祝いをするにあたり、私の役目は双子の欲しいものをこっそりリサーチすること。責任重大だ。

十一月の前半から、双子の動向や発言には特に注意していた。おもちゃが載っている小冊子を双子が手にしてからは、さらに注意深くだ。

ふたりは自分たちの誕生日よりも、サンタさんになにを貰うかに、すっかり気を取られている。

誕生日を忘れている節もあり、ある意味ではサプライズのしがいがあるというものだ。

引っ越し準備を「てつだう！」と言いながら早々に飽きて、リビングでまたふたり並んで小冊子を開いている。

ふたりにとっては、夢のように楽しい本なのだろう。目を輝かせる様子が、まるでネットショッピングに興じている私みたいだ。

何気ない会話を装って、声をかけてみる。

「そのふたりが眺めてる冊子、おもちゃがたくさん載っていていいね〜」

「いっぱい、しゃしんがのってるからね」

「じも、いっぱいかいてある」

「ほら！」と、こちらに冊子を開いて見せてくれた。

それは、フロッキー加工された動物を模した小さなお人形や家の模型、可愛らしい小物が並んだページだった。

「……わ、懐かしい！　ママもね、子供の頃に持ってたんだよ。このうさぎのお人形」

お人形たちが住まう赤い屋根の家、まるでこれから引っ越す新たな我が家のようだ。

「……ほんとう？　こんなすてきなの、ママがもってたの？」

凪沙が疑惑と期待が混ざった面白い顔で真剣に聞いてくる。

「本当だよ。じいじがプレゼントしてくれて、ずっと持ち歩いていたよ。ああ、いろいろ思い出してきた……新しいお洋服を着せてあげたくて、自分のハンカチをはさみで切って小さくした布をあてがってたなぁ」

なんせ私がおとなしく遊んでいるぶんには、なにも言わない父だった。だから私は思い立ったことを、静かに即実行してしまう子供だったのだ。

あのお人形は、いつの間にか手元から消えてしまっていた。どこかに置き忘れたか、落としたか、いま思い出すと大事にできなかった事実に切なくなってしまう。

「かわいかった？」

「可愛かったよ。あ、たくさん他にも仲間がいるんだね、猫にクマかな？」

「なぎちゃんねぇ、このちいさいのがかわいいとおもう」

凪沙は、もっと小さな赤ちゃんシリーズを指さした。

「わ～！　めっちゃ可愛い！　赤ちゃんだ！」

お人形の赤ちゃんバージョン、テレビのＣＭで見た気がするけれど、こんなにちゃんと確認したのははじめてだ。

「しおちゃんもね、いいなとおもったの！　ねこのあかちゃん、おかあさんもいる」

「潮音も？　ふたりとも、この猫の赤ちゃんが可愛いって思ったんだ？」

「ママみて！　こっちは、あかちゃんをのせるのもあるよ」

凪沙がさらに指さす赤ちゃんシリーズには、ベビーカーやお世話セットのような小物も一緒に売り出されているようだ。

それにお家の他に、メリーゴーラウンドや観覧車が付属した遊園地のようなものまで。パステルカラーで夢のように楽しげで可愛らしい。

細かい部品は誤飲がちょっとだけ心配だが、ふたりはもう三歳になる。なんでも口に含んで確かめてみる赤ちゃん時期はとっくに過ぎただろう。

「……こんなに可愛いおもちゃ、新しいお家にあったら嬉しいね」

窺うように、あくまでも世間話のように双子に聞いてみる。

「そんな、ゆめみたいなことがあるの……？」

潮音がすぐに反応したが、私の聞き方が下手すぎて「ないよ」と誤魔化しが言えない空気が漂いはじめた。

まずい。潮音の瞳がキラキラしている。

「やったーっ！　サンタさんにおねがいしようよ！　ママはどのこがほしい？　しお

ちゃんはねこ？　みんなでサンタさんにおねがいしようよ！」

空気を霧散させるほどテンションを上げて騒ぐ凪沙が、いまはとてもありがたい。

救いの神、降臨だ。

「そうだね！　ママもお願いしちゃおう！　ふたりとも、本当にこの赤ちゃんたちが
……家にいたらいいなって思ってるんだよね!?」

「そうだよ！」

「そう！」

双子が欲しいものがわかった。一応〝誕生日のサプライズプレゼント〟を聞き出す
という体を守り、自分の役目を果たした安堵感に、顔のにやにやが止まらない。

そんな私に、潮音が「あのね」と尋ねてきた。

「ママ、みて。どうしてあかちゃんだけで、おへやでねてるの？」

潮音は、小冊子に載った写真に目を落とす。それは、赤ちゃん人形たちだけでベビ
ーベッドで寝ている部屋のシーンだった。

「うーん。ママにも正解はわからないけど、海外だと赤ちゃんの頃からひとりで自分
の部屋で眠るみたいよ」

「しおちゃんたちは、ママとねてるよ？」

「ここには子供部屋がないからね。あっ、子供部屋っていうのは、潮音や凪沙だけの部屋のことなんだけど」

「なぎちゃんと、しおちゃんのおへや!?」

凪沙が食い気味にかぶせてきた。

「ママ！　あたらしいおうち、なぎちゃんとしおちゃんのおへや、ある？」

「あるよ～！　でもまだ、慣れるまでは夜は一緒に寝ようね」

凪沙と潮音は、お互いに顔を見合わせる。

にやっと笑い合うのを見て、これはなにか言いだすと直感でわかった。

「「いやっ！　こどものおへやでねるからいい！　だってもう、あかちゃんじゃないもん！」」

一言一句違《たが》わず、シンクロした双子がそう言った。


その夜、私は双子が欲しがるものを聞き出した経緯を綴り、冊子の写真をつけて東助にメッセージを送信した。

東助は潮音が男の子っぽいおもちゃを欲しがらなかったのを不思議がったけれど、一番欲しいものをあげたいという私の気持ちは変わらない。

【潮音は猫が好きだし、感性は否定しないで大事にしてあげたいの。それに可愛いものが好きだっていうこともあるけど、潮音は凪沙と共有できそうなものを手に取る傾向があるみたい】

【そうだな。写真見たけど、人形が可愛くて驚いた。ハイハイしてる赤ちゃん人形はオムツまでしてて可愛らしいよ。俺もちょっと気になってきた】

【でしょ！　それに、人形で遊ぶ赤い屋根の家。これから暮らす家に似てて、なんだか嬉しくなっちゃった】

【俺も運命、感じたよ。なにかの縁かもしれないな】

【では、リストアップしたものを写真で確認して、注文をお願いします！】

まずは私が双子の欲しいものをリサーチし、東助がそれを確認して注文。東助の実家のほうへ届くように手配をする。

そして誕生日前日まで保管をお願いし、仕事帰りに東助が取りにいく。万が一の時には、おばさんたちがうちへ届けてくれるという作戦だ。

【引っ越してすぐの誕生日パーティーだから少しバタバタするかもしれないけど、ふたりや万里花に喜んでもらえるように頑張るから】

東助の力強い返信に、私も残りの引っ越し作業を続ける元気を貰った。

【ところで、ひとつ双子たちから要望があったよ。二階のひと部屋を子供部屋にする予定じゃない？　夜もふたりだけで眠りたいんだって。この赤ちゃん人形みたいに】

私は例の、あの小冊子のシーンをスマホで撮って東助に送った。

【もう、赤ちゃんじゃないもん！って。ママと寝るのは赤ちゃんなんだって】

と続けて送る。

赤ちゃん人形たちのように、親から自立したかっこいい感じのことがしたい、ということなのかもしれない。

すると東助からは、こんな返信がすぐに届いた。

【赤ちゃんじゃないもん！か。俺もはじめて会った時、万里花にそう言われた】

そうして十二月六日。双子の誕生日当日になった。

が、双子は相変わらずクリスマスに気を取られていて自分たちの誕生日のことは、すっかり頭から抜けているようだ。

昨日、東助は仕事帰りに実家に寄り、誕生日プレゼントを回収した。そして双子が自分たちの部屋で完全に寝たあと、車から家のなかに運び込んでくれた。

プレゼントはいま、私たちの寝室のクローゼットに隠してある。

朝の食卓を囲んでいるところで、東助から子供たちに声をかけた。

「今日は、凪沙と潮音の誕生日だね。お誕生日おめでとう！」

凪沙と潮音は驚いた顔をして、「え～っ！」なんて言っている。

「なぎちゃん、たんじょうびだったんだ」

「しおちゃんも？　しおちゃんも？」

「去年も保育園と家で、ふたりのお祝いをして楽しかったでしょう？　でも毎日が楽しいから、もう覚えてないかな？」

保育園では十二月生まれの子たちをまとめて一日にお祝いをしていたし、家でもささやかなパーティーをした。ただ、小さな子供にとって、それははるか昔のこと。きっと忘れているだろう。

「パパが帰ってきたら夜はお祝いだから、楽しみにしててね」

ふたりは「やったー！」と大喜びだ。東助と私は目を合わせ、子供の喜ぶ姿を見られて嬉しいという気持ちを共有する。

「……今日だけは絶対に、帰ってきたいな」

「でも万が一の時は仕方がないよ。その時は、おばさんとおじさんに連絡するからね」

もし東助が緊急事態などで帰れなくなった時は、おばさんたちを招く約束をしている。

誕生日当日は家族で。週末は東助の実家で双子の誕生日祝いをする予定だ。

「でも、必死で祈ってる。今夜は絶対に四人でお祝いしたいもん」

そう伝えると、東助は頷いた。

東助の出勤したあと。「たんじょうびってなにするんだっけ！」と騒ぐ双子を連れて食料の買い出しに行った。

双子の好きなシチューの材料と、美味しそうな苺を手に取る。それからマカロニにきゅうり、ハムなどもカゴに入れていく。

スーパーに併設されているパン屋で焼きたてのパンを、そして生花コーナーで可愛らしいミニ花束を買って帰った。

誕生日ケーキは、お店に予約を入れたものを東助が帰りに取りにいってくれる予定だ。

双子たちはなにか、楽しくてそわそわした気持ちを感じ取っているのか、スーパーでも言うことをよく聞いてくれた。

風が吹き空気は冷たく感じるけれど、朗らかな日だ。

一階のリビング、壁面より外にせり出した出窓の下。造りつけのベンチを机代わりにして、双子はこちらに背を向けて熱心にあの小冊子を眺めている。

小冊子はあのまま栃木から、捨てずに大事に持ってきたのだ。

アーチ型の飾り窓は風に揺らされカタカタと小さく音を立てるけれど、不思議と気にはならない。

深い飴《あめ》色をしている、階段の手摺《てす》り。吹き抜けた先に光る、乳白色のアンティークな電笠《シェード》ランプ。

洋館のなかは外よりもゆっくりと時間が流れているようで、それをとても贅沢《ぜいたく》に感じている。

三年前の今日、ひとりでお産に挑んだ私を、心のなかで称えた。

お昼は簡単に済ませ、買ってきた花束を花瓶にいけてテーブルに飾る。

双子がリビングで昼寝をしている間に夕飯の準備を進めた。

もっと誕生日らしいご馳走をと考えもしたけれど、まだまだふたりには食べムラがある。気合を入れて準備をしても、食べてもらえずにガッカリ……なんてことがないよう、今回は安全牌《ぱい》であるシチューに決めた。

マカロニサラダも双子の大好物だ。

あとはデザートの苺に、予約している誕生日ケーキで三歳のお誕生日のお祝いにする。

双子がもっと大きく成長したら、きっと肉！　肉！　肉！となり、焼肉をリクエストされて食事に出かけたりするようになるのだろう。

そんな未来を想像すると双子のこれからの成長がますます楽しみになり、今日は東助が何事もなく帰ってこられるよう念入りに祈った。

昼寝から起きた双子と庭に出て、赤や黄色に色づいた楓《かえで》の葉が落ちるのを、遊びながら片づけていく。

「ママがじいじから聞いた話なんだけどね、この楓の名前の由来って、カエルの手なんだって」

私が子供の頃、父から楓は〝かえるので〟と呼ばれていたのが、のちに〝かえで〟になったのだと教えてもらったことがあった。

「かえる、かえるって、ほいくえんにいた？」

ちょっぴり両生類や爬虫《はちゅう》類が苦手な潮音が聞いてくる。栃木で通っていた保育園には、カエルが植木鉢の陰や、鉄製の門にくっついていることがあった。

暮らしていたアパートでも、よく見かけていた。

「そうみたい。ほら、葉っぱの形が手に似てる」

赤い楓の葉を一枚拾って見せると、潮音は自分の手と比べて、楓の木を見上げた。

西陽に照らされた楓の葉たちは、見入ってしまうほど燃えるような色彩を放っている。

「かえるので……まだいっぱいくっついてるね」

「ほら、風に揺れて、潮音にバイバイって手を振ってるみたいだよ」

潮音がそれを聞いて楓の葉に手を振り返すと、凪沙も一緒に手を振った。


夕方になり、そわそわした気持ちで東助からの連絡を待つ。

双子は相変わらず大好きなおに〜さんをテレビで見ながら熱唱して踊り「いいにおい！　ごはん、たのしみ〜！」と言ってくれている。

すっかり陽が落ちた頃、【ケーキ受け取ったよ。あと十分くらいで帰れる】と東助からトークアプリにメッセージが届いた。

「パパ、もう少しで帰ってくるって〜！」

ふたりに教えると、「パパ〜！」と玄関ホールへ走っていってしまった。

そのうち、駐車場に車が入ってくる音がした。私はコンロに火をつけて、シチューを温め直しはじめる。

　すると、凪沙がキッチンに飛び込んできた。

「ママ！　パパが、けーきだって！　おおきいの！　おおきいはこの、けーきもってかえってきた！」

「ほら、みにきて！」と私の服を引っ張るうちに、「ただいま」と足に潮音をくっつけたまま東助がキッチンに顔を出した。

「おかえり！　お疲れ様でした」

「無事に帰ってこられて良かったよ。帰宅時間になった途端、駐車場まで走ったからね。めちゃくちゃ隊員たちに注目された」

「あははっ！　何事かと思ったんじゃない？」

「可愛い子供たちの誕生日だ、一大事だよな」

　ケーキの箱をカウンターに置き荷物を下ろした東助は、「けーき、みせて！」と騒ぐ子供たちを愛おしそうに抱き上げた。

　苺のたくさんのった誕生日ケーキに、双子はとても嬉しそうに視線を奪われている。

　チョコプレートは二枚、それぞれに【なぎさちゃん　おたんじょうびおめでとう】

【しおんくん　おたんじょうびおめでとう】とチョコペンで書いてもらった。

正真正銘、由緒正しいお誕生日ケーキ様だ。

本当は食べる直前まで冷蔵庫にしまっておきたかったけれど、ふたりが「みていたい」ときかなかったのだ。

「真夏でもないから大丈夫なんじゃないかな」

「それもそうか。花も飾ってあるし、ケーキが真ん中にあると普通のシチューもマカロニサラダもなんだか格式高く見えてきた」

「シチューの人参が星やハートになってるのがいいね、特別感ある」

「……くり抜いて余った外側は、茹でて明日の煮物の具になる予定だよ」

子供たちはなんとかシチューを食べ終え、マカロニサラダをちょっと残してご馳走さまをした。

私はさっと食器を片づけ、東助はカラフルなロウソクをケーキの箱から取り出す。

誕生日ケーキに三本ロウソクを立てた。

「いまからロウソクに火をつけるから、フーッてふたり一緒に消すんだよ」

「けーき、もやしちゃうの？」

凪沙は泣きそうな顔をする。

「燃やさないよ、火をつけるのはロウソクにだけ」

「それ、たべられるの？」

潮音はロウソクをお菓子だと思っているみたいだ。

「熱いし、食べちゃだめだ。触ってもだめ、フーッて息を吹きかけて火を消すんだよ」

東助はどこかのスナックの店名が入ったマッチを持ってきて、ロウソクに火をつけた。

「ふたりとも、まだ、まだ待って！　万里花、俺が電気を消したら子供たちの写真をお願い、あと動画も！」

「私、写真は自信ないから動画撮るよ」

「わかった。じゃあ写真は俺で……一度電気消すからね」

ふっと電気が消えると、部屋はロウソクの橙《だいだい》色の灯りだけになった。

双子が興奮して喋ったり、身動きしたりするたびにゆらゆらと小さく揺れる。

「火に触っちゃだめだよ、暗いから気をつけて」

「……ひのあかちゃんが、おどってるみたい」

潮音がぽつりとこぼした言葉を聞いて東助は、「潮音は栗澤先生の感性を受け継いでる」と言うのでじわりと涙が出てしまった。

一分一秒過ぎ去っていく瞬間をとらえておきたくて、私たちはスマホを構えながら必死に子供たちの記録を残す。

ロウソクを吹き消す瞬間。小さな炎に照らされたふたりの顔が、赤ちゃんの時の面影をまだ残していて胸が詰まってしまった。

東助は……とても感動したらしく、はらはらと涙を流していた。

電気をつけ、ケーキを切り分け食べはじめる。ホールケーキを用意したけれど、子供たちはすぐにお腹いっぱいになるだろう。残りは明日のおやつだ。

東助から、ちらっと目配せがきた。

子供たちはケーキを食べ終え、キャッキャとチョコプレートを見せ合いっこしている。

二階の寝室に隠した誕生日プレゼントを渡すなら、まったりしたこのタイミングだ。

すっと、東助が何気なく立ち上がりリビングを出ていく。

数分後、プレゼントを抱えて東助が戻ってきた。

「凪沙！　潮音！　お誕生日おめでとう！」

双子は大声にびっくりしてぽかんと東助を見たが、抱えられた大きなプレゼントの包みに気づいたらしい。

わーっ！と子供椅子から下り、バタバタと東助に駆け寄った。

そしてプレゼントを受け取ると、その場で座り込み開けはじめた。東助も、同じようにしゃがんでにこにこ見ている。

「……っ！　ママっ！　おにんぎょうたちだ！」

「わ、わ、いえも、ゆめみたい～！」

まるで信じられないと言わんばかりに、双子は狂喜乱舞している。

今年はふたりの欲しいものが同じだったのもあって、豪華だ。お家や遊園地に家具、それにお人形たちも三家族ほど東助が注文していた。

私が参考にと送った写真、全部だ。

子供だった頃の私が貰っていたら、日がな一日おとなしく遊んでいられるほど魅惑的で羨ましくもある。

「サンタさんにたのんだのに、パパがくれた！　パパはサンタさんなの？」

「……えっ」

「パパはサンタさん？」

双子の質問に、東助がかなり困っている。

助け舟を出さなければと、すかさず声をかけた。

「パパはサンタさんじゃないよ。ふたりがどんなものが欲しいかなって、考えてママに聞いてくれたんだよ」

「そうなんだー」

東助は、双子にゆっくりと話しはじめた。

「パパにふたりのことを、たくさん教えてくれたのはママなんだ。だからこの誕生日プレゼントは、大好きな凪沙と潮音へ、ママとパパからだよ」

凪沙と潮音は、嬉しそうに聞いてくれた。まだ小さくてどこまで伝わったかはわからないけれど、なにかは感じたのだと思う。

「なぎちゃんもね、ママもパパもだいすきだよ！　いーっぱいね」

「しおちゃんもだよ。だいすき！」

双子はまた鼻を赤くしはじめた東助によじ登って、「パパ、すき」と言ってくれていた。

——その宴は三日三晩続いた。

なんて文章をどこかで読んだ気がするけれど、今夜の我が家はまさにそんな雰囲気だった。

人形の入ったパッケージを両手に持ち、リビングを走り回り喜びを全身で表す。父のお仏壇の前に見せにいく。なぜかでんぐり返しを披露してくれる。

とにかく嬉しい気持ちが大爆発しているようだ。

そのうち双子は造りつけのベンチにのせたクッションをとっぱらい、お人形たちや家などを丁寧にそこに並べはじめた。

「ここを、みんなのすんでるところにする」

そう宣言したあとは、ふたりとお人形だけの世界へどっぷり浸かり込んだ。

さっきまでの、お祭り騒ぎはどうした。

双子はまっさらな場所から、お人形の世界を構築している。大きな家に三家族の部屋が振り分けられ、庭と思わしきところに遊具が置かれた。

赤ちゃんたちはベビーカーに、部屋のテーブルにはミニチュアのパンやケーキが並べられたようだ。

ふたりは真剣だ。黙々と配置を繰り返し、たまに確認をし合っている。私たち親が、気軽に声をかけられる雰囲気ではない。

東助とケーキをおかわりしながら、その光景を嬉しい気持ちで眺める。

「……かなり真剣だね。神様が最初の七日間で世界を創った話みたい」

「ふたりの頭のなかでは、人形の世界が動きだしてるんだろうな。ものすごい集中力だ。凪沙は純粋に人形遊び、潮音は物語を作るのを楽しんでる？」

「あ～、それはあるかも。ところであれは、体力のほうが先に電池が切れるパターンだと思う。そうなる前に、うまく言いくるめてお風呂に入れなきゃだ。あと二十分したら、ふたりを入れちゃおう」

私はすぐに、お風呂にお湯を張りにいった。

双子をなんとかお風呂に入れ、出した頃にはふたりとも興奮疲れか目をとろんとさせはじめた。

続きは明日にしようと話し、名残惜しそうにベンチの前で転がる双子を東助が子供部屋へ運んだ。

東助が手伝ってくれたのでどうにか片づけを終え、炊飯器のタイマーをセットし電気を消して二階へ上がった。

子供部屋のドアをそうっと開くと、ふたりはベッドで深く寝入っていた。

「……ぐっすりだね」

「明日は絶対に早起きだな。特に凪沙は、五時くらいには起きだしてリビングに行きたいって言いそうだ」

この予感は絶対に当たるだろうと確信しながら、静かに子供部屋のドアを閉めた。

夫婦の寝室では、ベッドに腰かけながら今日の大成功を労《ねぎら》い合う。

「準備期間は短かったし、なにより引っ越しと重なって大変だったけど大成功だね」

「子供たちが喜んでくれて本当に良かった。大好きって言ってもらえて……嬉しかった」

東助は思い出して、目を潤ませた。

「だって、東助はふたりのためにいつも一生懸命考えて接してくれているもの。焦らずに、急かさずに……子供たちのペースで家族になってくれてありがとう」

そう伝えたら、私も涙が出てしまった。

「……今日はさ。もうひとつ、サプライズがあるんだ」

そう言うと、目の前にそっと小さな真四角のジュエリーケースを差し出した。

まったく予想なんてできていなかったので、「えっ」と言ったまま東助と見つめ合ってしまった。

ドキドキと心臓が激しく鳴りだして、やっとの思いで声を出した。

「……これは？」

「開けてみて」

そっとケースを手のひらにのせられ、私は言われたとおりに、それはもう慎重に開いてみた。

――そこには、ピンクゴールドの細いデザイン、小さなダイヤがひと粒埋め込まれた指輪が光を受けて輝いていた。

東助の顔を見ると、微笑んでいる。

私は指輪と東助の顔を、交互に見るのをやめられない。

「これ、あの、指輪!?」

「うん。婚約指輪。万里花、俺の子供を産んでくれてありがとう……愛してる。結婚しよう」

……いま、この瞬間、いままで噛み殺してきた寂しさやつらさが、ふっと柔らかく形を変えたのがわかった。

「結婚……結婚します。東助と結婚する！」

「……良かったぁ」

東助は緊張していたのか、ふにゃっと力の抜けた顔をして笑った。

子供もいて何度も好きだって伝え合って、家まで買って一緒に暮らしているのに、私の返事を緊張して待っていたんだ。

ものすごく、とても、世界で一番、東助が好きだとあらためてじわじわ思い知る。

「……指輪、俺がはめてもいい？」

頷くと、東助はジュエリーケースから指輪を取った。

左手を差し出すと、薬指にゆっくりとそれをはめてくれた。

「……すごい、ぴったり……！」

「驚かせたくて、悪いと思ったんだけど、万里花が寝てる時に測らせてもらったんだ」

私の左手、薬指にキラキラと指輪がきらめく。

「……っ、なんか、照れる」

東助が顔を赤くする。

「そんなの、私だって照れるよ……それに嬉しいし……指輪もプロポーズも……ありがとう……！」

感謝を伝えたら、大好きな気持ちで胸がいっぱいになって、瞳からぽろぽろと涙があふれでた。

たまらなくなって東助に抱きつくと、強く、つよく、「一生一緒にいよう」と言いながら抱き締め返してくれた。

そんな予想もしなかったサプライズもあり、双子の誕生日は一生忘れられない思い出になった。

翌朝。なんとあの寝ぼすけの潮音も凪沙と一緒になって、五時半から起きてきたのには東助とふたりで驚いたのだった。

これから先、この家ではこんな思い出をたくさん重ねていくのだろう。

ここに引っ越してきて身をもって知ったのは、〝古い家は寒い〟ということだ。けれど、人類の英智を集めた最新暖房器具と工夫、そしてそれを楽しむ心が大切だと知った。

夏は多分、暑い。東助はいまから対処していこうと張りきっている。

春になる前に花壇にチューリップの球根を植えたいなと、私は忙しいなかで植物のカタログを取り寄せた。

小さな不具合くらいなら、ひとりで東助が直せるので非常に助かり、双子からは「パパすごい」と好感度がさらに爆上がりしている。

おばさんとおじさんもまめに様子を見にきてくれて、賑やかな家族での生活は笑いにあふれていた。

まるで子供の頃に、他所の家族を見て想像していた生活だ。

私は、そこに自分がいることが嬉しくて、毎日ドキドキしている。

六章

奇跡的に万里花たちと再会し、いまは家族としての生活がはじまった。

夢みたいな毎日に、もっとしっかりと万里花や子供たちに関わっていこうと気が引き締まる。


家族で暮らすために選んだ家は、中古の小さな洋館だ。

万里花は、この洋館の物件情報を見つけてからというもの、それが頭から離れなかったという。

もっと違う、最初の予定どおりの賃貸物件もいくつも見たというが、どうしても気になり「見るだけみて」と言って、物件情報のＵＲＬを送ってくれた。

家は高台にあり、周辺は静かな住宅街のようだ。

赤い屋根が特徴的。築年数は経っているが、それが逆に味になっている。前の持ち主が日々手入れをし、大切にして暮らしていたのが伝わってきた。

実際に内見へ行くと、洋館は注文住宅だったらしく、古いながらにあちこちにこだわりがあった。

玄関を彩るステンドグラス、アンティークの壁紙、リビングには暖炉もある。

なによりも、万里花や子供たちの未来の姿が想像できるような……洋館の雰囲気がとても馴染《なじ》んで見えた。

子供たちが小さなうちは危ないので暖炉は使えないが、これは先の楽しみになった。

二階建ての3LDKで、あちこち不具合が出るたびにちょっとした修繕が必要になる。けれど海自で俺に強く根づいた〝なんでも自分でする〟というスピリットは、この家で暮らすのにはぴったりだ。

万里花は最初からこの家に惹かれていたので、多少の不便さも楽しんでいる。

また、子供たちは生まれ育ったアパートとの違いを面白がっていた。

自由に土いじりができる庭、部屋のなかで走り回っても多少は許される環境、アパートよりも広い生活スペース。

近くに交番があり、この辺りは平和で落ち着いている。セキュリティー面も安心だ。

子供たちも、万里花や俺も、この家が大好きになった。

魔の二歳児、という言葉がある。

俺が栃木まで通っていた頃は、多分子供たちとの間に少しは遠慮や、良く思われたいという気持ちが働いていた。

俺は嫌われたくなくて叱ることができないし、子供たちも俺にリミッター解除をしたようなわがままを言ったり、ギャン泣きを見せたりはしなかった。

はじめは潮音の人見知りがすごかったが、凪沙は積極的に俺に関わり、いいところをたくさん見せてくれていた。

あの住居侵入事件があった翌日。万里花が子供たちに、俺が父親だと告げてくれた。するとと俺を「パパ」と呼び、べったりになり、横須賀へ帰る時などは泣き叫び何度も「いて～！　パパ～！」と足にしがみついて引き留めてきた。

夜に呑み込まれようとする東北自動車道のぼりで俺は何度も感涙し、ぐしょぐしょの顔のままハンドルを握っていた。

いま思えば、そんな子供たちをひとりで慰め、なだめていた万里花は大変だっただろう。

早く一緒に暮らしたい。早く神奈川に帰ってきてほしい。早く、はやく……。

そうして。婚姻届の提出はまだだが、やっと念願叶《かな》い家族四人での生活がはじまった。

そこで、子供たちを育てるにあたり、大変なことが山ほどあることを知った。

まったく寝ない夜も、食事にムラっ気があることも、俺が知らなかった子供の生態みたいなものを知った。

魔の二歳児。子供たちは十二月で三歳になったが、だからといってきっぱりと魔を卒業するわけではないのだと……目の当たりにしている。


陽が沈んだ静かな住宅街。防犯の街灯がぽつりぽつりと並ぶ道を、我が家に帰るために車を走らせていた。

赤い屋根が見えてきて、ほっとした瞬間だった。

星が空に浮かびはじめた寒風吹くなか、薄暗いうちの前の駐車スペースに万里花と子供たちがいた。

万里花は明らかに薄着で手をすり合わせ、厚着をして防寒対策がばっちりな子供たちはしゃがみ込んでいる。

俺の車に気づいた万里花が、ぱっと顔を上げた。子供たちがいやいやするのを無理やり抱き上げ、車が入れるようにしてくれる。

「どうしたの、なにかあった!?」

窓を全開にして聞く。

「パパだ～、おかえりなさい」

「だっこして」

万里花の顔は明らかに寒さで固まり、声も出ないようだ。

慌てて窓を閉め、車を停めて降りる。

子供たちがそれぞれ手を伸ばすので受け取ると、万里花は疲れきったようにふぅっと息を吐いた。

「うちに入ろう、万里花が風邪ひく」

それを聞いた子供たちは、「だめっ！」と言って身をくねくねと動かし、日々トレーニングで鍛えている俺の腕からふたりともぬるりと抜け出した。

「えっ、なにこれ」

「……すごいよね。どんなに力を込めて抱っこしても、くねくねされると逃げられちゃう」

子供たちは、またコンクリートの駐車スペースにしゃがみ込んだ。

着ていた上着を万里花に羽織らせる。暗い家の外で家族総出で佇んでいる姿は、はたから見たらなんとも異様かもしれない。

「ダンゴムシがね……」

「いきなり、ダンゴムシ？」

「ああ……えっと、子供番組がはじまる前に、ネイチャー系の……番組の再放送をしててね」

「うん、それで？」

「そこにダンゴムシが出てて。春になったら庭にいるかもって話をしたら、いまもいるかもって言って聞かなくて」

見える場所にはいないということがわかれば、子供たちも諦めるだろう。なんせダンゴムシは、大きな石や植木鉢、枯葉の下で越冬中だ。

しかし番組を真剣に見た万里花は、しゃがみ込む子供たちをただ見守っている。越冬中のダンゴムシにちょっかいを出すのが可哀想で、その事実を隠しているようだ。

番組を少ししか見なかった子供たちは、ダンゴムシが歩いているかもしれないと、ずっと駐車スペースで待機しているのだという。

すぐ戻るだろうとふんで薄着で出てきた万里花の予想は、あっさり外れてしまった。

「いくら家に入ろうって言っても、全然聞いてくれなくて。なら自発的に諦めるまでって……でもさすがに寒いかも」

ついに歯の根をがちがち鳴らしはじめた。

「わかった。こういう時は、付き合ったほうがいいんだよね？」

「叱って無理やり家に戻すと、不完全燃焼をおこしそう。気をそらしても、絶対に思い出すだろうし……東助は疲れてるだろうから、家に入ってて」

「家に戻るのは万里花だよ。部屋の温度を上げて、体を温めてね」

残ろうとする万里花の背中を押し、家へ入るのを見届けた。部屋に明かりが灯る。

万里花が脱いでいってくれた上着を羽織り、子供たちの隣にしゃがみ込む。

「ダンゴムシ、いる？」

「あ～、パパがきたらくらくなる。みえない」

影になって見えづらい、ということだろうか。

ごめんねと謝って、影にならないほうへ移動した。

「ダンゴムシ、見つけた？」

そう聞いても、凪沙は黙って硬く冷たいコンクリを指先でいじくり回している。

潮音はじっと、一点を見つめたままだ。

「寒いし、家に入らない？」

「……やだ」

「ダンゴムシが通るかもしれないから?」

「だんご……とかしらない」

潮音が、ぽつりと呟いた。

衝撃だった。ダンゴムシを待っているのではないという。しかも知らないなんて、存在さえ否定してくるとは。

え、じゃあなにしてるんだ……!?

どう聞いていいか、わからない。時々犬の散歩をしている人が暗がりの俺たちを見つけてぎょっとするが、こちらから会釈をして不審者ではないとアピールするのが精いっぱいだ。

寒さは体を冷やし硬くしていき、しゃがみ込むのもつらくなってきた。

ふと空を見上げると、オリオン座が夜を飾っていた。

「あー……星が綺麗だ」

そう言うと、子供たちもつられて、しゃがんだまま空を見上げた。

潮音はバランスを崩しそのまま後ろにひっくり返って、こてんと尻もちをついた。

「いて」

照れくさそうに、ぼそっと言ったあとでくすくす笑う。

凪沙もそれを見て笑っていたが、「あっ」と呟いた。

「どうした?」

「あはは、おしっこでちゃった」

凪沙の足元のコンクリが、みるみる濡れて色を変えていく。

俺はふたりを抱え上げて、慌てて家へ入った。なかでは、万里花が温かい食事の用意をして待ってくれていた。

そのあと。凪沙のおしっこで濡れた靴を外水道で洗う。水道水は凍えるほど冷たい。

庭に面したリビングから視線を感じて振り返ると、凪沙がカーテンにくるまり、暖かい室内からにこにこしながらこちらを見ていた。

キャラクターが描かれた可愛らしい娘の靴を、ブラシでごしごし洗う。

子供たちに、大人の常識なんてほとんど通用しない。

常に思考は目の前の出来事に囚われ、とてつもないスピードで移っていく。

ダンゴムシなんて忘れてしまうし、一緒に尿意だって限界まで忘れてしまう。

それが子供なんだと、わかってきた。

「子育てって大変だ……」という言葉が自然と口からこぼれた。

そのダンゴムシ事件の翌日だ。

万里花が朝から熱を出した。昨日冷えたのが原因なのは明らかだった。

「ああー……ごめんなさい。大丈夫だと思ったんだけどなぁ」

「仕方がないよ。万里花はよく付き合った。いま母さんに来てもらえるように連絡するね。子供たちにご飯食べさせるから、まだ寝てて」

真っ赤な顔の万里花は「ごめんね」と、また謝った。

早起きの凪沙と、まだ寝ぼけまなこの潮音を抱えて一階へ下りる。順番でトイレを済ませ、紙パンツから布パンツにはき替えた。

暖房を全開にしながら、すぐに実家の母親に電話をする。

『もしもし、おはよう。どうしたの？』

「おはよう。万里花が風邪ひいて熱を出してるんだ。俺が帰る夕方まで、こっちに来て子供たちを見てもらうことってできる？」

『それじゃ、万里花ちゃんが休めないでしょう。あんた出勤がてら、子供たちを預けにこっちに寄りなさい。朝ご飯も、ふたりはこっちで食べさせるから』

「そうしてくれたら助かる」

『万里花ちゃんに、薬とか食べもの、飲みものとかあるの？』

「それは用意できるから大丈夫。じゃあ、もう少ししたら連れていくから。助かる、ありがとう」

今日は実家に子供たちをお願いすることができた。

備蓄してあるスポーツドリンクと風邪薬、それから蜜柑《みかん》などを用意して二階へ戻る。

万里花は、ベッドのなかでうっすらと目を開けた。

「母さんに電話して、今日は一日子供たちを預かってもらうことになったよ」

「申し訳ないなぁ……」

「信じられないほど孫大好きだから、気にしなくて大丈夫。出勤がてら実家に連れてっちゃうから、一日ゆっくり寝ててね。薬とかスポドリ、あと蜜柑置いておくから」

ベッドのサイドテーブルに、それらを並べた。

「他に欲しいものある？　着替え出しておこうか？」

「んー……大丈夫」

「じゃあ、万里花のタイミングで薬飲んで。なにか緊急事態の時は母さん、欲しいものがある時は俺宛てにトークアプリからメッセージ送ってね」

「わかった、ありがとう……大好き」

へへっと笑う万里花に、ぎゅんっと胸が締めつけられた。

子供たちに「いまから、おばあちゃんの家に行くよ」と伝えると、「どうして？」と言いつつ喜んでいる。

「朝ご飯は、おばあちゃんが用意してくれるから」

子供たちは我先に着替えようと、洋服が入ったリビングチェストから何枚も服を引っ張り出す。

そろそろ自分で身の回りのことを少しずつ、という万里花との約束で、着替えも各自で一度は好きにさせる……と見守るけれど。

凪沙はトレーナーを二枚重ね、タイツをはき、靴下はわざわざ組み違いをはいて「できた！」と言う。

潮音はパジャマを脱がず、その上からトレーナーとズボンをはいてもこもこ、そして裸足だ。

「よし。ただ、凪沙はズボンをはこう。潮音は靴下をはこう」

「いいよ、これで」

「ねー」

「……そうだね」

実家にも、子供たちの洋服はたくさんあるだろう。独創的な格好だが〝自分で選んで自分で着た〟というのが大事なのだ。

足りないぶんや、多いぶんは、母親に任せて調整してもらおうと決めた。

俺は引っ張り出された洋服を軽く畳みチェストに収めた。出しっぱなしのままでは万里花が見た時、さらに熱が上がるかもしれないからだ。

俺もすぐに着替え、自分の朝食はコンビニで買うことにした。

子供たちの上着を持ってきて着せ、しっかりと一番上までボタンを留める。

「じゃあ、パパもお仕事に間に合わなくなるので出発しよう」

わーっと玄関に走っていったかと思うと、雨の気配はまったくないというのに、ふたり揃って長靴をはいた。

まぁ、なにかはいただけ偉い。百点だ。

外に出ると空気はきんと冷え、吐き出す息が真っ白だ。

実家までは車で二十分ほど、早く出てきたつもりだったけれど、通勤のための車でラッシュ手前の交通量だ。

リアモニターで子供番組を流していたが、凪沙が「あれ？」となにかに気づいた。

「パパ、ママのせるのわすれてる……」

潮音が「ええーっ」と叫んだ。

「ママは今日お熱が出ちゃったんだ。だから一日寝ててもらうのに、凪沙と潮音はおばあちゃんの家で過ごすんだよ」

「パパも？」

「パパはお仕事があるから、夕方か夜になったら迎えにいくからね」

子供たちは、後部座席のチャイルドシートで「ママが……」「おねつだって」と話し合っている。

実家に着くと、車のエンジン音でわかったのか、父親と母親が玄関から出てきた。

父親が手際良くチャイルドシートからひとりずつ降ろしている間、母親は俺にアルミホイルに包んだおにぎりを手渡してくれた。

「まだ朝ご飯食べてないでしょ、車で食べなさい」

「ありがとう。急に子供たちを頼んじゃったけど、良かった？」

「平気よ。それより万里花ちゃんは大丈夫？　なにかあったら連絡くれるかしら」

「そうするように伝えてきたから、もし連絡があったらお願いします」

父親が「降ろしたよ～」と、子供たちとしっかり手を繋いで言った。

「じゃあ、凪沙、潮音、お利口さんにしててな」

バタバタとした雰囲気に、子供たちはただ黙って立ち尽くしていた。

昼休み。万里花から連絡が来ていないかチェックをしていると、同じ砲雷科幹部の竹本《たけもと》さんが話しかけてきた。

ちょっとした仕事の話から、家族の話にうつる。

「副長のところ、お子さんはいくつでしたっけ」

竹本さんが、「たしか、二歳くらいでしたか?」と聞いてきた。

小さな子供がいる竹本さんには以前、子供の接し方について聞いたことがあった。結婚したい女性に、産んでもらった双子がいる。そう言うと、かなり驚いていたのを覚えている。

「おかげさまでつい先日、三歳になりました」

「じゃあ、来年にはもう幼稚園に入れるんですね。うちも考えていますけど、転属がかかるとなーって悩んでしまいます」

「たしかに……。横須賀配属だと長くいられそうですが、ずっとというわけにはいかないですもんね」

昔から、横須賀、呉、舞鶴は人が足りず長くいることになるなんて話もあった。

「川瀬なんて、横須賀から呉でしたから。あれは意外でした」

「佐世保《させぼ》と大湊《おおみなと》、あそこからうちに転属になる人は多いですね」

自衛隊幹部に転属は避けられないものだが、やっぱり子供が小さい時、家族はどうするのか気になってしまう。

「竹本さんは、もし転属がかかったら……」

「うちは官舎住みだから、家族ごと三人で引っ越しです。嫁さんが割とアウトドア派で、全国あちこち行けるのを楽しみにしてます。副長は？」

「中古物件ですが家を買ったので、転属がかかって通勤距離がエグかったら単身赴任です……寂しいなぁ」

本音をもらすと、竹本さんはくっくっと笑った。

「そうだ。もし良かったらなんですけど、うちの嫁さんの連絡先を教えるんで、奥さんに渡してあげてください。誰かひとりでも自衛官家族と繋がってると、なにかの時に違うからっていつも嫁さんが言うんですよ」

竹本さんは奥さんに、前々から『機会があったら、私の連絡先を久留見さんの奥さんに渡してほしい』と言われていたそうだ。

「わ、ありがとうございます。俺、そこまで気が回ってませんでした」

「我々は時に音信不通のような状態になったり、何ヶ月も家を空けたりしますから。

無理にとは言わないので、困った時にでも頼ってやってください」

「心強いです、助かります」

竹本さんと話をしたことにより、万里花にと奥さんの連絡先を教えてもらえた。

それに三歳になった子供たちは、来春には幼稚園に通えると判明した。

なら、万里花との婚姻届の提出は入園前がいい。一度は延ばしたが、幼稚園入園というのはいいタイミングだと強く思った。

夕方になりスマホをチェックすると、万里花と母親からそれぞれメッセージが来ていた。

【お疲れ様です。今朝はありがとう、ゆっくり休めました。インフルエンザだといけないので午後に病院へ行ってきました。検査結果は陰性。扁桃腺《へんとうせん》が真っ赤に腫れているのが熱の原因みたい。頑張って早く治します】

【万里花ちゃんからメール来ました。きっと疲れも出ているのだと思います。双子ちゃんたちは元気なので、このまま今晩もお泊まりさせたいと思うんだけどいいでしょうか？　東助は万里花ちゃんをしっかりいたわってあげてください】

車に乗り込み、エンジンをかけながら暖房をつける。車内が暖まる間に、実家に電話をかけた。

数コールののち、母親が電話に出た。

『もしもし』

「もしもし、東助です。今日は子供たちのこと、ありがとうね」

『お疲れ様、いま帰り？　メール見た？』

「うん。子供たちのこと、今夜預かってくれるの？」

『そのつもりなんだけど。万里花ちゃんのこと、ひと晩ゆっくり寝かせてあげて。明日の帰りにお迎え頼むわ』

「わかった。子供たち、寂しがってない？」

『時々、万里花ちゃんの心配をしてるかな。けどふたりでケンカしたり、踊ったりしてるわ』

ふたりで踊ったり……その姿はすぐに想像ができて自然と口元が笑みを作る。

「ありがとうね。じゃ、明日迎えにいく時にまた電話する」

『はーい。万里花ちゃんに、お大事にって伝えてね。早く帰ってあげなさい』

了解、と返事をして電話をきる。万里花は寝ているかもしれないので、メッセージを打つ。

【熱は大丈夫？　子供たちは今晩、実家にお泊まりになりました。なにか買ってすぐ

に帰ります】

そうして、車を発進させた。

途中、スーパーに寄りスポーツドリンクと果物、ヨーグルトやゼリーなど喉越しの良いものをカゴに入れていく。

熱が下がり、喉の腫れが引いていれば食べられるかもと、うどんを作る材料を探す。冷凍食品コーナーで冷凍うどんを手に取った時、頭上からかすかにミシッと音がした。

それから、足元が揺れる違和感。一瞬身構えたが、すぐにおさまった。

周囲で「いま、揺れた?」という客の声が聞こえたが、またすぐに夕方の混雑したスーパーの風景に戻っていった。

万里花へ送ったメッセージは、既読になっていなかった。

帰宅すると、駐車スペースから見た我が家は真っ暗だった。

鍵を開けて家に入っても、暗いまま。電気をつけながら進む。

買ってきた食材をキッチンに置き、二階の寝室へ向かう。

「……入るよ」

寝室は真っ暗で、ベッドでは万里花が眠っていた。マスクをつけ、顔の半分まで布団をかぶっている。額に手を当てると、かなり熱い。

小さく絞った照明だけをつける。ふわっと、寝室にわずかな明かりが灯った。

「……万里花、ただいま。起こしてごめんだけど、いったん水分補給しよう」

髪を撫でると長いまつ毛が震え、うっすらと万里花が目を開いた。

「……東助？」

「ただいま。しんどいだろうけど、水分とろうか」

「ん……」

返事はするが、また目を閉じてしまう。これは相当つらそうだ。

俺が抱えて体を起こすのは簡単だ。だけど、万里花が起きられないというなら無理やりにはしたくない。

サイドテーブルには病院から貰った薬袋が置かれ、開けた形跡のあるスポーツドリンクと飲んだ薬の空ゴミが残されている。

スマホは、伏せられたままだ。

「少ししたら、もう一回声をかけるからね。下に行ってるから、なにかあったらスマホから電話して呼んで」

聞こえたのか、万里花は無言で頷いた。

一階に下りて、さっき買ったものを冷蔵庫に入れていく。

それから脱いでソファーに置きっぱなしになっていた子供たちのパジャマを畳んで、ひと息ついた。

毎日帰ってくると賑やかにしている子供たちは今夜、実家にお泊まりに行っていていない。

「……静かだなぁ」

思えば、こんな静かな環境は久しぶりかもしれない。艦でも隊舎でも大勢で暮らしてきたので、人の気配があまりないことが不思議だ。

「まずは、シャワーを浴びる。それから万里花になにか食べさせるかして、薬を飲ませる」

これからのタスクを、天井のライトを見上げながら口にした。

手早くシャワーを済ませて出てくると、万里花が二階から下りてきていた。

「体、大丈夫?」

「うん。さっき、起きられなくてごめんね」

明かりが眩しいのか、万里花は目をしぱしぱさせる。それからソファーに座って、目を閉じ力を抜いた。

汗で額に髪が張りついている。汗をかきはじめて、熱くて目を覚ましたのだろう。

体を起こしているうちにと、常温のスポーツドリンクを新たに開けてコップにつぐ。

「いまのうちに、ひと口だけでも」

万里花は目を開けて、俺からコップを受け取るとマスクを外してスポーツドリンクを飲み干した。

「もっといる？」

「ううん、ありがとう。あー……風邪うつしちゃうかもしれないと思ったんだけど、なんか心細くて起きてきちゃった」

再びマスクをして、万里花は目元だけで笑った。

「東助の顔も見られたし、上に戻るね。東助は今夜、リビングで寝るよね？」

「ううん。一緒に寝るよ、そばで様子を見ていたいし」

明らかに万里花が、マスクの下でぎょっとした顔をしたのがわかる。

「私の様子なんて、見ても面白くないよ～」

「心細いなんて言われたら、放っておけなくなるんだ。こう、絶対にそばにいてやらなきゃって。昔もいまも、万里花をお世話したい気持ちは変わらないんだから」

胸を張って宣言すると、「ああ～」と妙に納得したように万里花が言った。

やっぱり食欲が少し出てきたという万里花に、買ってきた材料で簡単にうどんを作った。

少し煮込んで柔らかく、買ってきたお揚げをきざんで、白ネギも小口切りにしてのせた。

万里花は「美味しい！」と言って、器に半分だけ作ったうどんを汗をかきながら完食してくれた。

俺も、うどん二玉分を使い、生卵を割り入れ月見にして白ネギ山盛りにして食べた。

二階から薬袋を持ってきて、目の前で夜の分を飲むのを見届ける。

「扁桃腺、久しぶりに腫らしちゃった。こんなに熱出したの、子供たちが生まれてからはじめてだよ」

「母さんが、疲れが一気に出たんだろうって言ってたよ。ずっと気を張って、子供たちを優先してくれてるんだもんな」

万里花は「そんなことないよー」なんて照れている。栃木では大家さんに助けてもらっていたと言っていた。

だとしても、頼りっぱなしにはならないのが万里花だ。たくさん、無理をする場面もあったと思う。

「そばにいられなかったぶんには全然足りないけど、俺が看病して甘やかす。めっちゃ甘やかす」

「ええ～」

「汗かいたみたいだから、着替えよう。シーツも取り替えて、さっぱりしてベッドに入ろう」

二階へ飛んでいきベッドのシーツを取り替え、万里花のキャビネットから下着やパジャマを取り出して一階へ戻る。

ソファーに身を預けた万里花は、「汗が止まらない」と言っている。

「熱が上がるのか、それとも薬が効いてきてるのかもね」

洗面所でお湯で濡らしたタオルを二本絞り、万里花のもとへ持っていった。

「では、失礼します」

「わ、本気なのっ、恥ずかしいし自分でやれるよ」

うひーっと言って、いやいやする。そんな仕草は可愛いくて、俺をやる気にさせるだけだ。

「だめ。俺に全部やらせて」

パジャマのボタンを外していくと、万里花は諦めたのかおとなしくなった。

パジャマの上とキャミソールを脱がせ、万里花の背中に手を回しブラジャーを外す。

途端に白い乳房が現れ、思わず触れたくなるがぐっと我慢する。

「タオルが冷める前に拭くからね」

熱で上気した肌を、タオルで優しく拭き上げていく。

観念した万里花は、目線を泳がせながら俺のなすがままになっている。

首筋から胸元、お腹、腕から指先、最後に背中。素早く新たなブラジャーをつけ、背中でホックを留める。

すぐに柔軟剤のいい匂いのするキャミソールと、パジャマの上を着せた。

「はい、上は終わり。次は下ね」

パジャマのズボンに手をかけると、万里花はくねっと身をよじった。

「自分で、自分で下はやるからっ」

「ふふ、あはは！　さっきの避け方、子供たちみたいだった！」

「いいから、一瞬あっち向いてて」

熱っぽい手で顔を挟まれ、くいっとあちらを向かされてしまった。

ゴソゴソとパジャマを脱いだ音がして「よいしょ」と、小さなかけ声が聞こえる。

「パンツ、はき替えた？」

「待って、絶対いまこっち見ないで」

「はけたら言って、足も拭くから」

そう言いつつ万里花に視線を戻すと、まさにパンツをはき替えパジャマのズボンに手をかけている瞬間だった。

「はい、ズボンはくのはまだね。拭いちゃおうね」

「間に合わなかった……」

「俺に全部やらせてって言ったでしょ？」

もう一枚のタオルで、太ももからふくらはぎを拭いていく。太ももにちゅっとキスを落とすと、ぺちんと肩を叩かれた。

つま先まで拭き上げ、すぐにズボンをはかせる。

「はい、お疲れ様でした。ゼリーとヨーグルトに、アイスもあるけど食べる？」

「ううん。歯を磨いて、体がさっぱりしてるうちにベッドに戻る」

「わかった。じゃあ、今日はこのまま寝ちゃおう。洗いものは明日の朝やるから」

時刻はまだ二十時半前。万里花は「えっ」という顔をするが構わない。

一階の戸締まりを確認し、万里花と二階の寝室へ向かった。

俺も念のためにマスクをかけ、ベッドに入る。

「俺もマスクしてるから、万里花が苦しくなったら外していいからね」

「うん、ありがとう。でも私の咳が出はじめたりしたら、離れて下で寝てね」

一階には客用の布団がある。けれど下に行く気はさらさらないので、どうしてもと言われたらだ。

羽毛布団の上に薄手の毛布をかけ、整える。

明かりを落とす。

掛け時計の秒針が響く、静かな夜だ。

ベッドのなかで万里花の手を繫いだ。

普段は子供たちを風呂に入れたりパジャマを着せるのに追いかけ回したり、寝かしつけに試行錯誤している時間だ。

一度は俺のほうがうっかり寝落ちしてしまった時もあった。その時、子供たちは寝室から飛び出し、階段のベビーゲート越しに一階にいる万里花を呼んだという。

『パパ、ねんねした』『あはは』なんて喜んで報告していたという。

きっと、俺を寝かしつけたことを万里花に褒めてほしかったのだ。

握った華奢《きゃしゃ》な手が、俺の手を握り返してきた。

「……今日はずっと静かで……変な感じがする」

「そうだな。実家のほうは、賑やかだろうなぁ」

ふふっと細い笑い声が、薄くらやみに落ちる。

「ずっと双子と一緒にいたから……。家族がひとりもいなくなっちゃって、ひとりぼっちの私に東助がくれたのが子供たちだったんだよ」

あんな状況でも、万里花は子供を産むのを最優先に行動してくれた。

突然の妊娠。あの状況では、子供を諦めるという選択をしても誰も文句は言わないだろう。しかもお腹の子供が双子だったら、なおさらだ。

「双子ってわかった時、びっくりした？　俺は本当に驚いたんだけど、顔を見て自分の子供だってすぐにわかった」

万里花は、ぎゅーっと握った手に力を込める。

「……そりゃびっくりしたよ。具合悪くて病院行ってさ、なんとなく検査したら妊娠してるかもって。産婦人科の検査で双子だってわかって、頭が真っ白になったもん。でも、すぐに早く名前考えなきゃって思った」

それでね、と万里花が続ける。

「……栃木に引っ越して……ひとりで泣きそうな時ほど、お腹のなかでふたりが暴れるの。お腹が張って痛くて、でも私はひとりじゃなかったって思い出して……励まされた」

すー……っと、呼吸が寝息に変わっていく。

握られた手からも、少しずつ力が抜けていって……。

「……生まれたら……ふたりとも東助にそっくりで……私、どんだけ東助が好きなんだって……笑っちゃったんだ……」

「……うん」

万里花は、隣で俺が鼻を詰まらせるほど涙を流してることに気づいていないだろう。

こんな愛の告白、泣かずに聞いてはいられない。

万里花は俺と再会してからも、ひとりで苦労したという話はしなかった。

したとしても、いろいろな失敗を笑い話のようにしてくれた。

寂しかったこと、泣きたい時があったことなどは、本人の口からは聞いたことがなかった。

きっと……俺がその話を聞いたら、激しく自分を責めるだろうと心配してくれているのだと思う。

だけど今夜は熱に浮かされ、子供たちもいなくて、寂しさや不安が万里花に話をさせているのかもしれない。

「……大事なんだ、すごく。世界一、子供たちと東助が大切なの……私の家族、だいすき……」


そう言い終わると、あとは静かな寝息しか聞こえなくなった。

俺は歯を食いしばり、声を殺して涙を流す。

三年前には絶対に戻れない。俺ができることは、これから先の何十年で万里花と子供たちを幸せにすることだけだ。


真夜中。万里花は熱が再び上がってきてるのか、「寒い」と言い続けた。

熱を測り、解熱剤を飲ませる。

震える万里花を抱き締めて、いつまでも背中をさすり続けた。

翌朝目を覚ますと、万里花の体調は前夜よりは回復していたようだ。

「昨日よりスッキリしてる、ありがとう」

昼もゆっくり休むように伝えて、洗いものを済ませ出勤した。


一日の仕事が終わり、車のなかでメッセージを確認する。

万里花からは一通、母親からはなかった。

【今日、ふたりをお迎えにいく時、私も行っていい？　体調もだいぶ良くなったし、

おじさんとおばさんにお礼を言いたい】

万里花に電話をし、母親にはふたりで迎えにいくとメッセージを送る。

出かける準備はできていると言われたので、まずは自宅へ迎えにいった。

「ごめんね、遠回りになっちゃったね」

マスクをした万里花が、助手席に乗り込む。顔色も昨日よりはずっといい。

「熱は大丈夫？」

「おかげさまで下がったよ～！　しつこいのは、喉の腫れくらいかな。それもかなり回復してきた！」

それを聞いて、とりあえずひと安心ができた。

「万里花がお迎えにきたってわかったら、子供たちが喜ぶよ」

「喜んでくれるかな、なんだか緊張してきちゃった」

万里花が助手席の窓を少しだけ開けると、夜の匂いがする冷えた空気が入ってきた。

外の風景を眺める万里花の嬉しそうな顔が、窓に反射して俺からよく見える。

実家のガレージに車を入れて玄関のチャイムを鳴らすと、わーっとなかから双子の声がする。

「すごく元気そう」

そわっとした表情で、万里花が呟く。

「体力があり余ってそうだ。帰ったら久しぶりに、おに～さんの歌とダンスで疲れさせるよ」

「東助、完璧におに～さんになりきるもんね。動画に撮って配信したら、いいバイトになりそう」

「自衛官は特別職国家公務員だから、基本的に副業禁止なんだよな～」

そんな話題で盛り上がるなか、玄関の横開きの戸がカラカラと開いた。

「万里花ちゃん！　熱は大丈夫？　きっと疲れが出たのよね。おばさんが美味しい豚汁作ったから、夕飯食べていきなさい」

「おばさん。子供たちのこと、ありがとうございました。おかげで、すっかり元気になりました」

「それは良かった。いつだって預かるから、遠慮しないで頼ってね」

母親がさあさあ、なかへ上がってと声をかけているところに、凪沙が奥から顔を出した。

「あっ、凪沙っ」

靴を脱ぎかけた万里花が、弾んだ声で名前を呼ぶ。

いつもなら走って飛びついてくるのに、柱の陰からこっちを覗いてばかりいる。

——そして。

「ママ、いやーっ、こないで」と、叫んだ。

「えっ」と言って、靴を脱ぐ途中で万里花は固まってしまった。

「……ママ、お熱下がったから一緒に帰ろ?」

優しく声をかける万里花に、凪沙は「やだ」と、返事をする。

困惑する万里花に、続けて叫んだ。

「ママ、きらいっ。なぎちゃん、ママいらないっ!」

万里花の顔が、さぁーっと色を失っていくのがひと目でわかった。

昨晩、あれほど子供たちが大事で大切なんだと、発熱しながら話をしてくれた。

あのベッドのなかで繋いだ、手のぬくもりと細さを思い出す。

「そんなこと、言わないで、ね?」

震える声、泣くのを我慢している声だ。

俺ならわかる。だって万里花が四歳の頃から、ずっと見てきたんだから。

凪沙はいまにも泣きだしそうにもじもじとしている。自分が発した言葉と、万里花に素直に飛びつきたいのにできない自身の心情のチグハグさに、戸惑っているようだ。

少なくとも、俺が一緒に過ごすようになってから、凪沙が万里花に対して「きらい、いらない」なんて言った場面は見たことがなかった。

「凪沙っ！　ママにそんなことを言っちゃだめだ！」

制御できない自身の言動に、凪沙が動揺しているのはわかっている。

けれど……悲しみ、万里花が傷ついた、自分の娘が人を傷つけた。そんな感情が重なって、図らずも腹から声が出た。

あ……っと小さくこぼして、凪沙はその場で固まり動かない。

ああ、これは嫌われた。ここまで築いてきた凪沙との関係が、だめになるかもしれない。

ただそれでも。子供でも、人を傷つける言葉を安易に口にしてはいけないと俺が言わなければと強く思った。

「凪沙はいま、ママの心を言葉のはさみでしょきしょき切ったんだよ。切られた心はバラバラになる。それが綺麗に直ったとしても、なかったことになるわけじゃない」

百パーセント理解してほしいなんて、三歳の子供に思ってはいない。

凪沙の言葉で万里花が傷ついた。

言葉は人を傷つける、その鋭さを孕んだものなのだと、ひと欠片だけでもわかってほしかった。

「凪沙は、パパとママの大事な子供だよ。大好きだから、言葉は人を傷つけることもあると、少しずつでも知っていってほしいんだ」

「東助……っ」

万里花が俺を、そして凪沙を思って複雑な表情を浮かべる。

「パパ……」

凪沙は泣きだす寸前で、俺を呼ぶ。

甘やかしてばかりだった俺の豹変に、かなりショックを受けているようだ。

心が苦しくなる。しかし、これは絶対に俺の役目だ。

ずっと、万里花ひとりにそれを背負わせてしまっていたのだから。

「もし、しょきしょき切ってしまったら……ごめんなさいって謝って、今度は言葉の絆創膏《ばんそうこう》を貼ってあげるんだ。凪沙、いままでたくさん、ママから大好きだって言ってもらえてるだろう？　凪沙が、本当はママのことを大好きなのに、嫌いって言ってしまったのなら……大好きだって伝えて絆創膏を貼ってあげてほしい」

そう伝えると、凪沙は柱の陰からこちらへ歩いてきて……。

「ママぁ」

と、万里花に思いきり抱きついた。

「ママ……ママ……だいすき」

あとは、大号泣だ。

万里花は凪沙を抱き締めて、その場でしゃがみ込んだ。何度も凪沙の名前を呼んで、「ママも大好きだよ」と泣いている。

凪沙は勇気を奮って、言葉の絆創膏を万里花に貼りにきてくれた。

一部始終を見ていた母親は、ぽんっと、健闘をたたえるように俺の背中を叩いた。

「昔はあんなにやんちゃで大暴れしていた東助がねー……。万里花ちゃんがいままで父親役と母親役を頑張ってくれてたぶん、これからは東助がしっかり父親として頑張るのよ」

心配そうに、今度は潮音が柱の陰から見ている。緊張しながら手を広げると、潮音は迷うことなく走って俺の腕のなかに飛び込んできてくれた。

万里花が凪沙を抱いて立ち上がる。

「いままで、私が叱ったらフォローするのも自分だったから……うまくできてるか自信がなかったの。だけど、今度からは全力でフォローしたり、叱ったりできる……東助、ありがとう」

ぼろぼろ涙を流して、マスクが濡れている。

凪沙がおずおずと、俺を見上げる。

「凪沙。大きな声を出してごめん、びっくりしちゃったよな。ママに大好きだって言えて、偉かったな」

俺も、凪沙の心に絆創膏を貼る。凪沙は自分の手をにぎにぎとしたあと、「パパ」と言って俺に手を伸ばしてくれた。

その光景を見ていた母親が、言葉をかけた。

「凪沙ちゃんね、万里花ちゃんが元気になりますようにってたくさん絵を描いたのよ。早く迎えにきてほしくて、寂しい気持ちもあって……でもいざ万里花ちゃんの顔を見たら、寂しかった気持ちだけが爆発しちゃったのね」

腕のなかの凪沙が、じっと俺を見つめる。

「凪沙も潮音も……たくさん考えて、心配して、毎日どんどん大きく育ってるんだなぁ」

「……なぎちゃんね、じいじにだっこされると、おもいっていわれる」

続けて「おおきいの」と言って、凪沙はニコッと笑った。

七章

今日は日曜日。平日に双子を連れて買い物に行くのは難しく、またたくさんは買えないので、日曜日は四人で買い出しに行くことにしている。

または気分転換として私ひとりで行かせてくれるパターンもあって、そんな時、東助は「買い物の前に、コーヒーでも飲んできな」と、こっそり耳打ちをしてくれる。

今日は四人で買い出しに行き、ホームセンターで東助が防災グッズや備蓄品を揃えてくれた。

それらを、一緒に買った持ち出し用の大きなリュックに詰めている時だ。

東助から「凪沙と潮音は三歳になったから、やっぱりこの春から幼稚園に入園させるんだよね？」と幼稚園の話を切り出された。

「んー、私は、今春は見送りかなって思ってる。引っ越してきたばかりで、まだどこの幼稚園がいいか正直、リサーチできてないんだよね。それに願書を出すにはもう遅いだろうし、来年の春入園でって考えてるの」

そう話すと、東助は目を丸くした。

「えっ！　幼稚園って、選ぶものなの？」

「選ぶ、えらぶ！　公立と私立どっちにする？とか、園によって教育方針みたいなのもあるからね。保育園もいろいろだよ。栃木にいる時にふたりがお世話になっていた保育園は庭に出る時、裸足が基本だった」

「ねー」と同意を得ようと双子が遊んでいるほうを見ると、それぞれ黙ってお絵描きに夢中になっている。

「全然知らなかった。家から一番近い幼稚園がいいかなってくらいの、ぼんやりした考えしかなかったから……びっくりした」

東助はええー……と、口元に手をやる。

「いま二月でしょ。幼稚園はまだ新年度の入園児の募集をしてはいるけど、人気のところはもう、希望者でいっぱいなんじゃないかな」

スーパーやお散歩コースでは、園児募集のポスターを見ていた。園児を乗せた幼稚園バスもよく見かける。

「そういう感じなんだ。俺、なんにも知らないな」

「ううん、私は必要だったから知っただけだもん。まあ、凪沙と潮音は保育園に通ってたでしょう？　集団生活の空気みたいなのには慣れてるから、入園することに焦ってはいないんだよね。別に人気のところじゃなくても、どこでもやっていけるかなとは思ってるんだけど……」

　ジップがついた大きな保存用袋に、タオル類を畳んで小さくしてぎゅうっと入れていく。

　もしもの時を想像すると、あれもこれも多めに入れておかないと不安で仕方がない。

「幼稚園って年少、年中、年長さんクラスがあるでしょ？　東助のおかげで家族みんなで暮らせるようになったから、栃木で子供たちにあんまり構えなかったぶん、一年じっくり一緒にいてもいいかなって。無理に年少さんで入れなくたって、年中さんからの入園も、珍しくないからね」

　凪沙と潮音は、一歳になる前から保育園でお世話になっていた。乳幼児組はなかなか入れないのだけれど、たまたま空きがあったのと、園長先生のご厚意で入園することができた。

　物心つく前から集団生活のなかにいた双子だから、私はあまり幼稚園に慣れるかどうかの心配はしていない。年中さんからの入園でも、すぐに馴染めるだろう。

　東助は乾パンの缶詰を手にしながら、「ああー……」と声をもらす。

「幼稚園に入る、そのタイミングで婚姻届を出そうって万里花に伝えようと思ってたんだ」

「あっ、そうだよね。考えてみたら、そうしたほうがあとから双子の名字が変わって、持ちものの名前の書き直しとか、やらなくて良くなるもんね」

東助の近いご親戚が亡くなり、婚姻届の提出を延ばしていた。でも、タイミングとしては最高にいまがいい。

長期保存のきくパンを手に取り肩を落とす東助に、本気で私と結婚してくれるんだといまさらだけど嬉しくなった。

双子のことは、去年再会したあとで東助はすぐに認知をしてくれた。

私と東助の結婚、双子を東助の子として籍を移す手続きがあるが、東助とはふたりで協力してやっていこうと決めていた。

「じゃあさ、この準備が終わったら、まずは役所に婚姻届の用紙を貰いにいかないか?」

「……っ、本当に? って証人の記入って必要なんだっけ? 私はおばさん……お義母さんになるのか。照れちゃうな。その、お義母さんにお願いしたい」

なかなか『お義母さん』と呼ぶタイミングが掴めず今日まできてしまった。

けれど東助と結婚をするのだから、これからはお義母さん、お義父さんと呼ぼう。

「よし、絶対に婚姻届を貰いにいこう。あ、結婚指輪、エンゲージリングも必要だ」

「それは、まだいいよ。この間、婚約指輪を貰ったばかりだし。結婚指輪はまたゆっくり選ぼう？」

いまが幸せすぎて、そのひとつひとつの時間を長く噛み締めていたいのだ。

明らかに張りきりだした東助が、すごいスピードで荷造りをしていく。本職の人の手さばきに感心している時だった。

ダンプカーが遠くから走ってくるような、そんな音が聞こえてきたかと思った瞬間。

ぐらり。

床がいきなり大きく揺れ、私は一瞬だけ頭が真っ白になってしまった。

「えっ、わっ！」

「凪沙っ、潮音っ！」

東助の声にはっと我に返り、双子を見ると座ったままこちらを向いて、泣きだしそうな顔をして動けないでいた。

東助が双子に駆け寄り、私もあとを追う。

ガタガタッと音を立て、ギイッといままでに聞いたことのない家鳴りまでしはじめた。

私たちを抱き締めた東助が「揺れが長いな」と呟く。

緊張の時間が続いたけれど、揺れは次第におさまっていった。

「ふたりとも、大丈夫？」

凪沙と潮音は、しがみついて離れない。

テレビをつけると、ここからだいぶ離れた場所で大きく揺れたようだ。この辺りは、震度三とテロップで表示されている。

「震度三……体感ではもっと揺れたかと思ったよ」

震源の表示をじっと見ていた東助だったけれど、ぱっと気持ちを切り替えたように
「防災リュック作りの続きをしよう」とにこやかに言った。

できあがったリュックは登山にでも行く支度かと思うほど大きくなったけれど、幼児がふたりいる我が家ではまだなにか詰めたいくらいだ。

東助はいい機会だからと、懐中電灯やランプの電池を入れ替え、動作確認をした。水や食料のストック、常備薬の確認、モバイルバッテリーの残量を見ながら、そのうちに自家発電機でも買おうかな、なんて言っていた。

その日のうちに、婚姻届を市役所まで貰いにいった。

帰りはファミレスでご飯を食べて、帰ってきてから東助は実家に証人のことで電話

をかけてくれた。

お義父さんとお義母さんはとても喜んで、おめでとうと言ってくれた。

双子を寝かしつけたあと。

リビングで、東助とふたりで婚姻届に記入をした。

「これで書き方間違ってないかな、大丈夫かな」

「きっと大丈夫。間違ってたら、役所の人が教えてくれるよ」

ふたりの名前が並んだ婚姻届を見て、胸がドキドキしてくる。

「一緒に暮らしてるし、子供もふたりいるけどさ……子供の頃に東助のお嫁さんになりたいって思ってた夢が……ついに叶うんだなぁと思うと泣けてきちゃう」

天国のお父さんが、万歳して笑っている姿が想像できる。

「ふたりで、家族で、みんなで幸せになろう」

東助が涙を拭って、何度も頭を撫でてくれた。


一週間後には、お義父さんとお義母さんが遊びにきてくれた。

ふたりはこれから一泊で温泉旅行へ向かうところで、わざわざ婚姻届の証人の欄を埋めるためにうちへ寄ってくれたのだ。

「すみません、旅行の行きがけに……」

「逆よ、逆。ついでみたいに寄っちゃったけど、あらためて盛大にお祝いしましょうね！」

あとは提出するのみとなった婚姻届を前に、感極まってしまった。

「あの、お義父さん……お義母さん、どうぞよろしくお願いします」

涙と鼻水でぐちゃぐちゃになりながら頭を下げると、お義母さんも大泣きしてしまった。

電車の時刻がせまり、温泉へ向かおうとするふたりを双子が一緒に行くと追いかけ、しがみつく。それを東助と私が全力で引き剥がして抱きかかえ、車を見送った。

お昼ご飯は東助が作る特製カレーを食べ、午後は昼寝から目覚めない双子を東助にお願いし、食料の買い出しに出かけた。

風景が輝いて見えて、妙にうきうきする。

これからもっと頑張らなくちゃと、気合が入った。

夜になり、お風呂から上がった双子を東助から受け取り、保湿クリームを塗り込んでパジャマを着せていた時だった。

東助もお風呂から出てきて、じゃあ私もお風呂に……なんて思っていた瞬間。

スマホから、ギュイッギュイッとざわざわする嫌な音が大音量で鳴り響く。

「や、緊急地震速報……っ⁉」

東助がすぐに、私たちをテーブルの下に頭から押し込めた。

それからすぐに。

ぐにゃり。なんて言葉が、多分一番しっくりくる。

大きく、ゆっくりと家が揺れだして、キッチンの棚から食器が飛び出し、次々と割れた。

ガシャンッ！　ガシャンッ！　ギイッギイッと、うちの至る場所から聞きたくない音が鳴り響く。

双子は泣き叫び、私はそれを抱き寄せるだけで精いっぱいだ。

長く大きな揺れは、一、二分でおさまったけれど、ただごとではないと直感で思う。

つけっぱなしだったテレビは、この間大きな地震があった場所に、見たこともない震度を表示していた。

番組はすぐに緊急放送に切り替わり、地震の震度、海辺には近づかないようにと大声で繰り返す。

テレビの画面は、横も縦もいっぱいのテロップで埋めつくされていた。

「……大丈夫、大丈夫だからね」

テーブルの下から出ずに、双子に声をかける。恐怖で泣き叫んでいるので、聞こえてはいないかもしれない。

それでも、自分にも言い聞かせるように、何度も繰り返す。

「万里花、子供たちもケガしてないか？」

冷静な東助の声に、ほっとする。

「してない、大丈夫」

またゆらゆら揺れがはじまり、恐怖で身が固まる。

東助はさっと立ち上がり、玄関から私たちの靴を持ってきてくれた。

「さっき割れたものは、いまのうちに俺が片づけるから」

「……東助？」

「……っ、きっとすぐに呼集がかかる。そうしたら、万里花と子供たちを置いていかないといけない」

不安と戸惑いを凝縮した表情を浮かべた東助が、自分を落ち着かせるためか大きく息を吐いた。

こんな東助の顔を見るのははじめてで、胸が潰れそうになる。

「でも、この状況で……三人を置いてなんていけないよ……」

東助の本音だろう。幼子が泣き、家のなかはめちゃくちゃで、だけど自分はそれらを置いていかなきゃいけない。

自衛官の、東助の奥さんなら、私がしっかりしなくちゃ。

どんっと、気合を入れるために、怖くて縮こまった心臓のあたりを自分の拳で叩いた。

やれる、やるしかない、やってやろうじゃないか。

「……私、ちゃんと子供たちのことを守る。守って、東助が帰ってくるの待ってる」

「……万里花」

「東助がしっかり備えてくれたものもあるし、お義母さんたちもいる。いまは旅行に行ってるけど」

東助の目をまっすぐに見つめる。

「東助なら、困ってる人をたくさん救えるよ。いま泣きそうになってる人、茫然としてる人、これから助けが必要になっていく人……待ってる人たちのところへ一番に行って、その手を引っ張り上げて。それで、なんとか落ち着いたら、家族四人で婚姻届を出しにいくよ！」

ね？と念押しをすると、東助は「ありがとう」と言って何度も頷いた。

東助の言っていたとおり。そのあと呼集というのがかかり、東助は家を出た。

テレビでは、被害地に大きな艦が到着して、物資を運びお風呂を提供し、たくさんの人たちの手助けをしているという報道が流れた。

私と双子は余震が続く間、東助の実家に身を寄せることにした。

毎日地震被害のニュースが流れ続け、私はその画面に映るはずのない東助を探す日々だった。

東助と同じ艦に乗る方の奥さん、竹本さんとは連絡を取り合える仲になった。

私の不安な気持ちを竹本さんは嫌がらずに聞いて、ありがたいことに心の負担を共有してくれた。

私は双子を東助の実家に預かってもらいながら、自宅に通って家のなかの片づけをした。

幸いなことに、色光の美しい玄関のステンドグラスは無事だった。

私はホームセンターに辛うじて残っていた飛散防止フィルムを購入し、この家のシンボルともいえるステンドグラスに脚立を使い必死に貼った。

食器棚の扉には買い置いていたロックをつけ、テレビなどが倒れないようにさらに対策をする。

私にできることは少ないが、東助が帰ってくるまで精いっぱい頑張る。

体調を崩さずケガもせず、みんなで元気に東助を迎えられるようにだ。

東助とは、メールと短い時間の通話でお互いや家族の無事を常に確認し合った。

——それから、東助が帰ってきたのは二ヶ月後だった。

駐車場に、東助の乗った車が入ってきた音がリビングまで聞こえた。

双子は跳び上がり、我先にと玄関へ走りだす。

私も急いであとを追い玄関を開けると、少し痩せた東助が私たちに気づいて笑った。

「パパ、おかえりなさい！」

飛びつく凪沙と潮音を受け止めた東助は一度、ふたりを思いきり抱き締めた。

それから。

「万里花、ただいま！」

さらに大きく広げてくれた両腕のなかに、私は思いきり飛び込んだ。

五月の少し汗ばむような陽気のなか。

半袖を着た双子が「パパ、どこにいくの～？」と後部座席のチャイルドシートから聞いてくる。

「みんなで、大事な届けを市役所に出しにいくんだ。それからお祝いに、凪沙と潮音の好きなものを食べよう」

「ふたりは、なに食べたい？」

私がそう聞くと、「うどん」「うどんとたこやき」と返ってきた。

「うどんにたこ焼き……ショッピングモールのフードコートしか思いつかない」

「あはは、いいじゃないか。俺、そうしたらなに食べようかな」

少しやつれてしまった顔で、嬉しそうに東助が声を弾ませる。

これから家族で婚姻届を提出に向かう。

これで本当の家族に……と思ったけれど、私たちは再会を果たしたあとから、いろんなふうに形を変えながらすでにしっかりとした〝家族〟になっていた。

ひとりぼっちになった私に双子が生まれ、東助はずっと私を捜してくれていた。

一生懸命に双子の父親になろうとしてくれたし、子供たちもそれを受け止めようとしてくれた。私も、東助の奥さん、双子のお母さんとして頑張りたい。

まずは痩せてしまった東助を、健康的に元の体重へと戻すことからだ。

バランスの取れた美味しいご飯をもっと作ろう。ぐっすり眠ってもらおう。そして家族の記念日となる今日は、好きなものを好きなだけ食べてほしい。

「いっぱい食べて！　なんでも好きなだけ食べて、太って！」

クレープにアイスクリーム。東助が好きそうな甘いものも、いっぱい食べてほしい。

「それは楽しみだけど、ふふっ、腹がふわふわパンになるのは困る」

お腹がふわふわパン。いつか四人でお風呂に入った時、そんな話になった楽しい記憶を思い出した。

東助が懐かしそうにそう言うと、双子もそれを覚えていたのか、あはは！と元気に大笑いをした。

番外編

学校からの帰り道。

今日は中学校の中間テスト初日で、当然部活もなくて帰りが早い。

いつもなら少し暗くなってから学校を出るのに、まだ太陽は頭の上にあって変な感じだ。まだ衣替えには早い長袖シャツを、五月の風が爽やかに捲《まく》っていく。

見慣れた帰り道だけど、平日の昼間というだけで違って見える。月極駐車場の端で、群生したオレンジ色のヒナゲシが一斉に咲きはじめていた。

「まーた、なにかぼうっと考えてるんでしょう！」

後ろから突然声をかけられ、同時に鞄でお尻を小突かれた。

驚いて振り向くと、双子の姉である凪ちゃんが「驚いた？」と言ってにししと笑っていた。

綺麗にふたつにまとめた髪は、毎朝洗面台を占領してできあがっている。

「……凪ちゃんの、そのおっきな声にびっくりした」

「失礼だな。まあ、友達にもそう言われるけど、そんなに大きい？　驚くほど？」

「驚かせようとしたんじゃないの？　おっきかったよ」

「そんな、大声出したつもりはなかったんだけどなぁ、ショック～」

言葉とは裏腹に、さほどショックを受けた様子もなく、凪ちゃんは僕の隣に並んで歩きだした。その制服のスカートは風でぱたぱたしている。

双子の姉、凪ちゃんはどちらかといえばお母さんに最近似てきている。

柔らかい雰囲気や笑った顔。僕たちふたりは双子だけあって、今までそっくりだと言われてきたけれど、十四歳ともなると性別の違いも大きく影響して個性が浮き出てきたように感じる。

今は僕のほうが十五センチも身長が高い。これは長身のお父さん譲りだ。

でも体重は同じくらいかもと以前言ったら、鳩尾《みぞおち》にパンチを喰《く》らった。それからは、凪ちゃんの前では体重の話はしないようにしている。

僕は凪ちゃんにはないという成長痛で、夜中に目が覚める。だけど凪ちゃんも、月に数日は青い顔をしてしんどそうにソファーやベッドで丸くなる。

凪ちゃんとはなんでも、生まれたときから顔も体つきも思考も一緒だったのに。

並んで歩く身長も、制服の作りも、好みもどんどん違ってきている。

「僕ら双子なのに、僕は凪ちゃんほどおっきな声は出ないよ」

「出るって！　潮音が出さないだけだよ。ほら、あそこに山が見えるでしょう？　お腹の底から空気と力を込めた声で、あの山を奥へ押すイメージでさ」

「それ、音楽の神崎《かんざき》先生が授業で言ってるやつだ」

凪ちゃんが所属している合唱部の顧問は、音楽の先生だ。ちなみに僕が所属している吹奏楽部の副顧問でもあって、大会が重なった時なんてこっちが心配するほど大変そうにしている。

凪ちゃんは、あははと笑ったあと僕を見た。

「潮音、お父さんとお母さんの結婚記念日に、なにプレゼントするか思いついた？」

「まだ全然。今日はテストよりも、そっちが気がかりで仕方なかった」

「それ、潮音に限っては大丈夫だと思うけど、万が一テストで悪い点取っても、理由にしないでよね。お父さんとお母さんに叱られ……はしないだろうけど、気にするし。ただでさえ潮音はぼうっとしてるんだから」

辛辣《しんらつ》な言葉が、僕を襲う。

他人から言われたらイラッとするかもだけど、凪ちゃんからだったら受け流せるから不思議だ。聞き慣れているから、かもしれないけれど。

両親は理由があって、婚姻届を出したのは僕らが三歳になってからだった。

僕はあまり鮮明には覚えてはいないけれど、お父さんとはじめて会ってからしばらくは慣れなかったのだと、本人から懐かしそうに聞かされたことがある。

とにかくお母さんから離れない、お父さんが近づいてきたら逃げる、テーブルの下へ隠れる。『気の毒なほど俺を怖がっていた』とお父さんは眉を下げて話していたけれど……多分、怖いという感情は僕にはなかったと思う。

きっとあったのは、生活が変わっていく不安だったと今の僕は想像する。

穏やかな世界が変わるのはこわい。お父さんはそんな面倒くさい僕の気持ちを大事にして、関係を深めていってくれたのだろう。

今の家で暮らす頃には、すっかり懐いてくれたと嬉しそうに言っていた。

こんな気質だからか、僕は凪ちゃんに告白してくる男子はひとりも受け入れきれないでいる。『潮音のせいで男子がわたしを怖がる！』と凪ちゃんからクレームが入るほどに。

僕のこの急激な変化を好まない感情は、我ながら本当に厄介だと思う。

悪く言えばビビり、意固地、怖がり……こう並べると嫌になる。

ただ、凪ちゃんだって良くないと思う。

だって凪ちゃんは声は大きいけれど明るくて誰にでも優しいから、僕がちゃんと見ていないと変なやつをすぐに彼氏にしてしまいそうなのだ。

そう考えるのはきっと、この排他的な気質とはまた別に、姉である凪ちゃんを一緒に生まれた僕が守らなきゃという使命感のような……そんな気持ちがあるからだ。

いつだって僕の一歩先を行く凪ちゃんの背を追い越した時、そう思った。

お母さんと世間話をしている時にそう話したら、『潮音のそれは、まんまパパからの遺伝かもしれない』とまるで心当たりでもあるように言っていた。

お父さんに聞くと、『ママが言ってたなら、間違いない』と納得した表情を浮かべて答えた。『間違いなく、俺の遺伝だ』とも。

僕も女の子から告白されたりするけれど、凪ちゃんを安心して任せられる人が現れるまで、自分の恋愛みたいなことは後回しだ。

思うに、周りが照れるほどお母さんを大事にする、お父さんみたいな人……そんな相手が、凪ちゃんの彼氏にはぴったりだ。

お父さんの仕事は国防に関わるもので、家族にも話せないことがたくさんある。

緊急の事態には家にいられない場合もあるし、演習で海外に出れば数ヶ月は帰れない。これまでに二度、数年ずつの単身赴任もあった。

お父さんの不在中、我が家を支えてくれているのは明るいお母さんだ。

ふたりは幼なじみでずっと昔から一緒にいるのに、雑に扱うどころかお互いが唯一の相手だというように大事に接する。眼差しも態度も愛にあふれているし、それを僕らにも惜しみなく向けてくれる。

時々気恥ずかしくて素っ気ない態度をとってしまうこともあるけれど、なぜかふたりはそんな時でも嬉しそうにする。

以前、『パパと一緒に凪沙と潮音の成長を見守っていられるのが、たまらなく嬉しいの』とお母さんが言っていたのだと、凪ちゃんからこっそり教えてもらった。

ただ、わかっていても凪ちゃんも時々恥ずかしくなることがあるみたいで、そういう空気から離脱するために僕を誘って二階で一緒にゲームをしたりする。でもそのうちに一階から、『果物を剥いたから下りておいで～』なんて声がかかるのだ。

そんな、仲が良くて僕たちに愛情をいっぱい注いでくれる両親の結婚記念日に、お祝いのプレゼントを贈りたい。

凪ちゃんが発案し、僕も賛同してただいまプレゼント選びをしている最中だ。

「結婚記念日おめでとうって、手紙も書かなきゃ。その文面は潮音が考えてよ、そういうの得意でしょ?」

「凪ちゃんも考えてよ。僕だって、すぐにはちゃんとした文面なんて思いつかないんだから。字も下手だし……」

と、凪ちゃんに言っている最中にふと、あるアイデアが浮かんだ。

そのもの自体に意味があって、たくさん集まっていて、綺麗で言葉の代わりになるもの。

「……僕、いいプレゼントを思いついたかも。これなら喜ぶと思う」

「えーっ、何なに、教えてよ」

僕は頭に浮かんだアイデアを、凪ちゃんにそのまますぐに伝えた。


五月二十日土曜日、快晴。本日、両親の結婚記念日を迎えた。

朝から部活だった凪ちゃんと僕は、部活が終わる時間がほぼ同じ昼前なので下駄箱のある正面玄関で待ち合わせをした。

「お待たせ〜、お腹減っちゃったぁ」

「夜は外食だって言ってたね。お昼ご飯はお父さんがカレー作って待ってるだろうから、心配させないように用事を済ませて早く帰ろう」

帰りが遅いと事故に遭ったのかもしれないと心配させてしまうので、ギリギリセーフの時間内に帰宅する必要がある。今日みたいなおめでたい日は、特にだ。

「じゃあ、行こっ！　急がないと、お父さんが迎えにきちゃうかも」

凪ちゃんは上履きをひょいっと脱いで下駄箱に揃えて突っ込み、取り出した靴を素早くはいた。

僕たちは早足に学校から出て、賑やかな駅前までやってきた。

ここで贈り物を買おうと決めていたお店に近づく。少し緊張するけれど、凪ちゃんも一緒だから大丈夫だ。

華やかな店内に足を踏み入れると、少しひんやりしていて、そして良い香りに満ちていた。僕たちに気づいた店員さんが、笑顔で「いらっしゃいませ」と迎えてくれた。

――そうして目的のものを購入して、お店を出た。贈り物は凪ちゃんに持ってもらった。僕は自分と凪ちゃんの分の、ふたつの鞄を持って、家へと急ぐ。

「どんどん、嬉しい気持ちが湧いてくる。絶対に喜ぶよ、お父さんもお母さんも」

「早く見せたいね。サプライズ、成功させたい」

早く、はやくと足を進めるうちに、赤い屋根が坂道の先に見えてきた。

庭の楓の木が青々と葉を繁らせ、駐車スペースには車が二台並んでいる。

玄関の前まで、そうっと移動した。心臓がドキドキしている。

「お父さんが作ったカレーの匂いがする……」

「ふたりともいるみたいで良かったね」

凪ちゃんと顔を合わせ頷き合い、チャイムを鳴らす。

すると、「はーい」とお母さんの声がした。扉が開き、僕らの姿を見たあとすぐに差し出されたものにびっくりして固まっている。

「じゃーん！　結婚記念日、おめでとう！」

「おめでとう！」

ピンクの薔薇《ばら》に、カーネーション、ガーベラにかすみ草。僕らのお小遣いを出し合って作ってもらった、花言葉で〝感謝〟を集めた花束だ。

言葉でも手紙でもない、花言葉を贈った。

育ててくれてありがとう。お父さんとお母さん、結婚記念日、おめでとう、と。

お母さんはみるみる瞳に涙を浮かべて、「パパ……っ、東助っ」とお父さんの名前をすぐに呼んだ。お母さんの涙声を聞いてすっ飛んできたお父さんは、僕らの差し出した花束を見てすぐに察したのか鼻を赤くする。

指先で目頭をぐいぐい揉んで、なにかを堪えているようだ。

その姿に、僕もじわじわと涙が浮かんできてしまう。凪ちゃんを見ると、とっくに泣いていた。

「あらためて、お父さん、お母さん。結婚記念日おめでとうございます」

そう言うと、お母さんはぽろぽろ涙を流しながら凪ちゃんから花束を受け取った。

「……っ、ありがとう、すごく、すごく嬉しい」

花束を大事に優しく包み込むようにするお母さん。その肩を抱いたあと、僕と凪ちゃんふたりを思いっきり強く抱き締めて「ありがとう」と声を絞り出したお父さん。

凪ちゃんが僕の袖を引っ張って、泣いて赤くなった顔で笑う。

「……お父さんと、お母さんの子供で、わたしたち良かったね」

僕はぽろっと自分の涙が頬っぺたに流れたのを感じながら、「うん」と頷いた。

END

あとがき

はじめましての方も、お久しぶりの方も、このたびはこの本を手に取っていただき、ありがとうございます。木登《きのぼり》です。

今回の作品は海上自衛官！　シークレットベビー！　しかも双子ちゃんのお話になりました。ふたりが再会を果たし、凪沙と潮音と家族になれて本当に良かったです。

家族四人の素敵なカバー絵は、春路《はるじ》ON《おん》先生が手がけてくださいました！

東助の制服姿がめっちゃかっこいいし、万里花も美人さんだし、双子がなにより可愛い！　作品の雰囲気にぴったりで、すごく嬉しいです!!

引き受けてくださり、本当にありがとうございました！

アドバイスをたくさんくださった担当様、編集部様、おかげで本当に素敵な一冊ができあがりました。

この本が世に出るまでに関わってくださった皆様、そして読者様。ありがとうございます！　大感謝です！

木登

マーマレード文庫

双子を秘密で出産したら、エリート海上自衛官に溺愛のかぎりを尽くされています

2024年2月15日　第1刷発行　定価はカバーに表示してあります

著者　木登　©KINOBORI 2024
発行人　鈴木幸辰
発行所　株式会社ハーパーコリンズ・ジャパン
東京都千代田区大手町1-5-1
電話　04-2951-2000（注文）
0570-008091（読者サービス係）
印刷・製本　中央精版印刷株式会社

Printed in Japan ©K.K. HarperCollins Japan 2024
ISBN-978-4-596-53723-2

m a r m a l a d e b u n k o